제리엠 게임판타지 장편소설
WISHBOOKS GAME FANTASY STORY

힐퉁령
태양의 사제

KB012955

힐링령
태양의 사제 1

제리엠 게임판타지 장편소설

초판 1쇄 찍은 날 | 2018년 10월 10일
초판 1쇄 펴낸 날 | 2018년 10월 17일

지은이 | 제리엠
펴낸이 | 예경원

기획 | 위시북스
편집책임 | 이규재
편집 | 위시북스

펴낸곳 | 예원북스
등록번호 | 제396-2012-000132호
등록일자 | 2012. 7. 25
KFN | 제1-312호

주소 | 경기도 고양시 일산동구 호수로 646-24 위너스21Ⅱ빌딩 206A호 (우)10401
전화 | 031-819-9431 팩스 | 031-817-9432
E-mail | yewonbooks@naver.com

ⓒ제리엠, 2018

ISBN 979-11-89450-75-5 04810
      979-11-89450-74-8 (set)

제리엠 게임판타지 장편소설
WISHBOOKS GAME FANTASY STORY

힐통령 ①

태양의 사제

힐통령

태양의 사제

CONTENTS

프롤로그

퀘스트를 완료했다.

볼품없는 보상 때문에 아무도 깨지 않던 퀘스트였다.

"와. 결국 저 퀘스트를 깨는 사람이 나오네."

"저거 보상이 쓰레기라서 적자날 수밖에 없는 퀘스트 아니 었나?"

"맞아. 저걸 대체 왜 깨는지 이해가 안 되네…… 호구인가?"

"남 일에 신경 쓰지 말고 가자고."

등 뒤에서 멀어지는 소리에 카이는 슬쩍 그들을 돌아봤다.

'호구는 무슨.'

입꼬리를 말아 올린 그의 눈앞으로 메시지창이 떠올랐다.

띠링!

[곤경에 처해 있는 NPC에게 선행을 베풀었습니다.]

[선행 스탯이 1 상승합니다.]

[선행 스탯의 수치만큼 모든 스탯이 추가적으로 상승합니다.]

1장
착한 사람을 위한 엔딩

한정우는 사람들을 도와주는 것이 좋았다.

이유는 그야 간단했다. 유치원을 다닐 때 넘어진 친구를 세워주고, 선생님에게 사탕을 받은 기억이 있었으니까.

-남을 도와주면 보상을 얻는다.

이 간단한 공식이 그의 가슴을 울렸고, 그때부터 정우는 곤경에 빠진 사람들을 도와주고 소소한 보상을 받아왔다.

이러한 정우의 취미아닌 취미는 가상현실게임에서까지 이어졌다.

미라클 드림 온라인, 출시와 동시에 기존의 모든 기록을 최단 시간에 갱신하고, 지구가 멸망하기 전까지는 깨지지 않을 것 같은 기록을 세운 게임. 줄여서 미드 온라인이라고 불리는 이 게임은 사람의 오감을 완벽하게 구현한 최고의 가상현실 게임이었다.

정우는 그곳에서 퀘스트를 클리어 하는 형태로 NPC들을 도우며 보상받는 것을 최고의 낙으로 여기며 살았다. 당연한 말이지만, 이제까지 자신의 취미를 후회해 본 적은 단 한 번도 없었다.

"후우…… 아까까지는 없었는데 말이지."

옅은 한숨을 내쉰 그는 불과 몇 시간 전에 있었던 일을 회상했다.

그는 마을에서 파티를 구해 사냥터로 향하던 중이었다.

목표는 경험치와 보상을 잘 주기로 소문이 난 붉은 놀.

하지만 공교롭게도 사냥터 진입로에 누군가가 쓰러져 있었고, 카이는 이를 지나치지 않았다.

왜냐하면 퀘스트의 냄새가 났으니까.

"으음."

"괜찮으세요?"

"여기는……?"

카이의 치료를 받고 정신을 차린 남자는 우선 고개부터 숙였다.

"구해주셔서 감사합니다. 제 이름은 테루, 태양교의 사제입니다."

"당연한 일을 했을 뿐입니다."

본인을 테루라고 소개한 남자가 파티원들을 둘러보더니 입을 열었다.

"초면에 실례지만…… 혹시 모험가분들이십니까?"

"예, 맞습니다."

"오오, 이 또한 신의 계시! 여러분, 잠시 저에게 시간을 좀 내주시지 않겠습니까?"

"음……."

골치 아픈 상황을 감지한 파티원들이 뒤에서 은밀히 속삭였다.

"저기 카이 님? 여기서 갑자기 퀘스트를 받는 건 좀…… 저희 붉은 늪 잡으러 가고 있었잖아요."

"맞아요. 그리고 어떤 퀘스트인지도 모르는데 함부로 덥석덥석 받고 그러지 마세요. 저희 지금 파티 상태라서 한 명이 퀘스트를 받으면 다 같이 공유되어 버리니까요."

"아, 역시 그렇죠?"

카이가 부탁을 거절하려는 순간, 테루는 무릎을 꿇으며 소리쳤다.

"제발 부탁드립니다. 서두르지 않으면 늦는단 말입니다!"

동시에 퀘스트창이 떠올랐다.

띠링!

[테루의 부탁]

[난이도 : A]

[태양교의 사제인 테루는 우연히 악신의 교단을 발견했습니다. 그는 혼자서 그곳의 사이한 기운을 없애려고 했지만, 도리어 큰 상처를 입었습니다. 그를 도와 악신의 교단에 도사리고 있는 어둠의 기운을 파괴하십시오.]

[성공할 경우 : 태양교의 공헌도와 친밀도 대폭 상승, 경험치 대폭 상승, 명성 대폭 상승.]

[실패할 경우 : 태양교의 공헌도와 친밀도 대폭 하락, 경험치 대폭 하락, 명성 대폭 하락.]

파티원들은 퀘스트창을 읽으며 경악했다.

"A, A급 퀘스트라고?"

"말도 안 돼. A급 퀘스트가 왜 40레벨 구간에서 생기는 건데?"

"음…… 아무래도 네 명으로는 무리인 것 같네요. 사람이 더 필요합니다."

"잠깐, 난이도가 A급이면 보상도 어마어마할 텐데……. 그걸 네 명이서 나눠먹을 기회라고요!"

파티원들의 뜻은 좀처럼 일치되지 못했다. 이를 보다 못한 테루가 다급한 표정으로 입을 열었다.

"형제님들, 그렇게 다툴 시간이 없습니다. 악신의 교단에서는 현재 사악한 의식이 진행되는 중입니다. 때를 놓치면 대륙에 마왕이 강림할 수도 있습니다. 서둘러야 합니다!"

[테루의 부탁 퀘스트가 강제로 수락되었습니다.]
[테루의 부탁 퀘스트의 상태가 시간제한으로 변경됩니다.]
[두 시간 안에 악신의 교단에서 이루어지고 있는 의식을 저지하고, 교단을 정화하십시오.]

"두 시간? A급 퀘스트인데?"

"아, 이러면 사람 모으는 것도 시간이 애매한데……."

파티원들이 난색을 표하자, 테루가 부드러운 목소리로 그들을 달랬다.

"형제님들, 그렇게 어려운 일이 아닙니다. 제가 사악한 의식을 저지하는 주문을 외우는 데 5분 정도 걸립니다. 그 시간 동안만 저를 지켜주시면 됩니다."

테루의 다급하지만 당당한 눈빛을 마주한 파티원들은 서로의 얼굴을 쳐다보더니 천천히 고개를 끄덕였다.

"뭐…… 5분 정도라면……."

"우리만으로도 괜찮지 않을까?"

결국 그들은 태루를 돕기로 했다.

⁎

한 시간쯤 태루를 따라 산속으로 들어가자, 교묘하게 숨겨져 있던 신전의 입구가 그들을 반겼다.

"이런 곳에 신전이 있었군요."

"흐음, 악신의 교단이라…… 제법 걱정되는데."

"너무 걱정하지 말자고. 카이 님이 사제니까. 그렇죠?"

파티원 궁수의 질문에 카이가 고개를 끄덕였다.

"악신의 교단이라면 언데드나 유령, 타락한 신관이 나오겠네요. 모두 신성력에 취약한 몬스터들이니 너무 걱정하지 마세요."

"좋네요. 그럼 갑시다!"

퀘스트 실패까지 남은 시간은 고작 한 시간.

그들은 신전 안으로 들어가 앞장서서 걸음을 옮기는 태루의 뒤를 따랐다.

"형제님들, 이곳입니다."

그를 따라 신전의 방에 들어온 파티원들은 주변을 돌아보며 한 마디씩 했다.

"여긴 어디죠?"

"아까 무슨 의식이 있다고 하지 않았습니까?"

"생각해 보니 여기까지 오는데 몬스터가 안 보인 것도 조금 이상한데……."

"자자, 형제님들. 의심은 접어두시고 저쪽을 봐주십시오."

테루가 그들의 이목을 한쪽에 집중시켰다.

그곳에는 어두운 기운을 줄기차게 뿜어내고 있는, 인간형의 석상이 세워져 있었다.

"지금부터 저 석상의 어둠을 정화할 겁니다. 그동안 여러분들은 저에게로 향하는 공격을 모두 막아주십시오."

테루는 곧장 알아듣지 못할 주문을 외우기 시작했다.

주문이 시작되자, 석상의 눈이 번쩍! 빛을 뿜어냈다.

지이이이잉!

석상의 눈에서 쏘아져나오는 백색의 광선!

기겁을 한 탱커가 황급히 방패를 앞세워 이를 막기 시작했다.

"크윽, 다짜고짜 이게 무슨……!"

"5분만 버텨!"

키이는 탱커에게 부순히 힐을 넣었고, 마법사와 궁수는 연신 공격을 퍼부어서 광선의 위력을 줄였다.

그렇게 약속했던 5분이 지났을 때, 테루가 소리쳤다.

"주문이 끝났습니다. 이제 석상의 이마에 박힌 보석을 빼주십시오!"

이에 탱커가 항변했다.

"미친 소리 하지 마요. 지금 저길 어떻게 뚫고 갑니까!?"

"시간이 없습니다. 빨리…… 쿨럭!"

말을 하던 테루가 돌연 귀와 코에서 까맣게 죽은 피를 줄줄 흘리기 시작했다.

"이런, 테루가 쓰러지면 우리도 다 죽어요!"

"젠장…… 젠장!"

결국 파티의 탱커는 욕 지 거리를 내뱉으며 석상을 향해 전진했다.

한 걸음, 한 걸음 석상으로 가까이 다가갈수록 방패를 두드리는 광선의 위력은 더욱 거세졌다.

"으아아아, 방패 내구도가 눈 녹듯이 녹잖아. 이거 퀘스트 끝나면 장비 수리비는 제대로 정산해줘야 돼!"

악을 쓰며 전진한 탱커는 결국 석상의 이마에서 반짝이던 보석을 빼내는 데 성공했다.

우르르르.

그러자 광선을 뿜어내던 석상은 힘없이 무너져 내렸다.

그제야 긴장감이 풀린 파티원들은 참았던 숨을 뱉어냈다.

"후우, 끝난 건가?"

"진짜 힘드네. 저런 몬스터가 있다는 건 들어본 적도 없어."

"그런데 A급 퀘스트 치고는 너무 쉬운 것 같은데……."

"고작 40대 레벨 구간의 퀘스트라서 그런 거겠죠. 뭐."

"대체 레벨이 얼마나 오를까요?"

"전 경험치보다는 태양교의 공헌도가 더 기대되네요. 공헌도 포인트를 쓰면 유니크 무기도 받을 수 있다던데."

그들이 A급 퀘스트를 성공적으로 완료했다는 사실에 흥분하고 있을 때, 테루가 탱커에게 천천히 다가갔다. 그는 바닥에 떨어진 보석을 주우며 미소를 지었다.

"도움에 감사드립니다. 용맹한 전진이었어요."

"아아, 신경 쓰지 마세요. 퀘스트 보상 때문에 한 거니까."

"후후, 그래도 고마운 마음이 사라지지는 않죠."

"별말씀……."

서걱!

탱커의 말이 끝나기도 전에, 한 자루의 낫이 그의 목울대를 훑고 지나갔다.

"……?"

탱커가 제 목을 더듬거리며 의문을 표했지만, 갈라진 성대에서는 바람 빠지는 소리만이 흘러나왔다.

스르륵 소리와 함께 하얀색 폴리곤이 되어 흩어지는 탱커를 보고 카이가 벌떡 일어나 소리쳤다.

"대체 무슨 짓입니까!"

"큭…… 크하하하!"

테루는 광소를 터뜨리며 천천히 몸을 돌렸다.

그와 눈빛이 마주친 파티원들은 오싹한 감정을 느끼며 저도 모르게 뒤로 한 걸음 물러섰다.

'무, 무슨 놈의 눈빛이……:'

'저런 녀석이 정말 태양교 사제라고?'

'저놈은 절대 사제가 아니야.'

유일하게 사제 클래스를 지닌 카이만이 고개를 흔들었다.

그 순간, 테루의 머리 위로 검붉은색의 선명한 글자가 떠올랐다.

[지르칸 LV. ???]

NPC의 이름이 머리 위로 떠오르는 경우는 단 한 가지뿐이었다.

"저, 적대 상태의 NPC!"

"게다가 지르칸이라면……?"

"웃는 낯의 지르칸!"

그의 정체를 깨달은 일행의 얼굴이 새하얗게 질렸다.

지르칸은 게임 내에서 마왕의 부활을 꿈꾸는 네임드 NPC로 이미 대륙의 공적으로 선포된 흑마법사였다.

'대체 레벨이 얼마나 차이가 나길래 제대로 된 수치조차 표

시되지 않는 거지?'

카이가 침만 꿀꺽 삼키고 있을 때, 다른 파티원들이 무기를 빼들었다.

"개자식! 감히 우리를 속여?"

"아이스 에로우."

궁수와 마법사가 지르칸을 공격했지만, 상대가 될 턱이 없었다.

서걱, 서걱!

[파티원 '디폰'님이 사망했습니다.]

[파티원 '아칸'님이 사망했습니다.]

카이는 지르칸의 공격 한 번에 사망해 버린 나약한 동료들이 흩뿌린 폴리곤을 보며 미간을 찌푸렸다.

"처음에 쓰러져 있던 것도 전부 연기였구나!"

"하하하, 제 연기력이 제법 훌륭했나요? 이 보석은 제가 직접 뽑을 수 없기에 대신 뽑아줄 사람이 필요했거든요."

그런 사정이 있었나. 카이는 옅은 한숨을 내쉬었다.

'제대로 당했어.'

앞서 죽은 세 명의 파티원들처럼 자신도 곧 죽게 될 터였다. 마무리를 지으려는 듯 지르칸이 천천히 카이에게 다가왔다.

"음? 이런······."

그 순간, 지르칸이 돌연 인상을 찌푸렸다.

"봉인을 풀면 발동하는 마법이라니······ 서둘러 나가야겠군요."

알 수 없는 말을 중얼거린 지르칸이 손을 휘젓자, 텔레포트 게이트가 나타났다. 그는 카이를 바라보며 빙그레 웃었다.

"운이 나쁘시군요. 차라리 저에게 죽는 게 편하셨을 텐데······. 그럼 부디 힘내시기를."

"뭐?"

카이가 얼떨떨한 표정으로 되물었지만, 지르칸은 이미 게이트 너머로 사라진 상태였다.

"이 상황 무엇?"

카이가 고개를 갸웃거리는 순간 메시지창이 떠올랐다.

띠링!

[테루의 부탁 퀘스트가 소멸되었습니다.]

[잊혀진 신전의 방어 체계가 발동됩니다.]

[지금부터는 그 어떤 존재도 잊혀진 신전으로 들어오거나, 나갈 수 없습니다.]

사형 선고가 떨어졌다.

'아무도 들어올 수 없고, 나갈 수도 없다고?'

당황한 카이는 들어왔던 입구를 향해 달려갔다.

텅!

"크윽!"

하지만 눈에 보이지 않는 투명한 막이 그를 막아섰다. 안간 힘을 써봤지만, 그 막을 뚫을 수 없었다.

"그렇다면······."

투명벽에 부딪쳐 시큰거리는 코를 주무르던 카이는 인벤토 리에서 마법 스크롤 한 장을 꺼내 들었다.

한 장에 무려 3골드나 하는 텔레포트 스크롤. 1실버의 현재 시세가 1,000원이었으니, 3골드(300실버)인 스크롤 한 장의 가 격은 30만 원이라는 소리였다.

'하지만 이곳에 갇혀 있는 것보다는 나아.'

카이는 망설임 없이 텔레포트 스크롤을 찢었다. 아니, 찢으 려고 했다.

부욱, 부욱!

하지만 이 고급스러운 질감의 스크롤은 찢어지기는커녕, 질 긴 소리만 토해냈다.

"아니, 이거 왜 안 찢어져?"

불안이 가득 담긴 의문에 답을 해준 것은 메시지창이었다.

[현재 텔레포트 스크롤을 사용할 수 없는 장소에 있습니다.]

"혹시 로그아웃도 안 되나?"

마음이 불안해진 카이는 조심스럽게 로그아웃을 시도했다.

[로그아웃 하시겠습니까?]

[로그인 시 같은 장소에서 게임을 시작합니다.]

다행히 로그아웃은 가능했다. 하지만 상황이 절망적이라는 사실에는 변함이 없었다.

'로그아웃을 한다고 해결될 문제가 아니잖아.'

이내 무언가를 떠올린 그는 가상 키보드를 소환했다.

타닥, 타다닥.

열심히 타자를 쳐서 작성한 것은 장문의 메일이었다. 메일은 곧장 게임의 개발사인 페가수스의 고객센터로 전송되었다. 답변은 금세 돌아왔다.

띠링!

[안녕하세요. 페가수스 고객센터입니다. 보내주신 내용은 잘 받아보았습니다. 게임 이용 중 불편을 드려 대단히 죄송합니다.

하지만 불편사항이 버그로 인한 문제가 아닌 경우, 저희도 별다른 도움을 드릴 수 없는 점 양해해 주시길 바랍니다.

혹시라도 캐릭터 삭제를 원하신다면, 그 부분에 있어선 도움을 드릴 수 있습니다.

앞으로도 지속적으로 노력하는 미라클 드림 온라인이 되도록 최선을 다하겠습니다.

다른 문의사항이 있으시다면 다시 한번 고객센터를 이용……]

"……."

도와줄 생각이 없다는 말을 이렇게 장황하게 써서 보낼 줄이야.

'이걸 어쩐다?'

카이는 지끈거리는 이마를 꾹꾹 눌렀다.

개똥밭에 굴러도 이승이 낫다는 말, 취소다.

지르칸의 말처럼 깔끔하게 죽었다면 경험치나 좀 떨어지고 말았을 텐데.

"후우."

한숨을 내쉬며 머리를 식힌 카이는 답변 내용을 다시 읽어 보았다.

'버그가 아닌 이상 도와줄 수 없다…… 이 문장이 신경 쓰이는데? 그렇다면 페가수스는 이 상황을 버그가 아니라고 판단

한 건가.'

유저가 NPC에게 사기를 당해 로그아웃을 제외하고는 아무 것도 할 수 없는 장소에 갇혔다.

그런데도 버그가 아니다?

카이의 머리가 빠르게 돌아갔다.

'그렇다면 이 장소에서 나갈 방법도 있다는 뜻이겠지?'

카이의 시야에 방의 한쪽 구석에 세워져 있는 조각상이 들어왔다.

'태양신의 조각상.'

알아보는 건 어렵지 않았다. 태양교는 현재 미드 온라인에서 어느 교단보다도 큰 성세를 누리고 있는 곳이었다. 그리고 무엇보다 카이도 태양교의 사제였으니 알아보지 못할 리가 없었다.

"늘 보던 거랑 똑같이 생겼네."

조각상은 위엄 넘치는 중년인의 모습을 담고 있었다.

"그런데…… 이건 뭐야?"

카이의 시선이 향한 곳에는 정체를 알 수 없는 소녀의 조각상 하나가 위치해 있었다.

'신전에 왜 이런 조각상이?'

카이는 소녀 조각상 앞으로 다가가 그것을 자세히 살폈다.

"얜 뭐지? 귀엽게 생겼는데 누군지는 모르겠네. 이곳 관리자의 딸이었나?"

짧은 호기심을 뒤로한 카이는 신상으로 고개를 돌렸다.

"태양신님, 힘 좀 써봐요. 당신의 어린 양이 지금 위기에 빠졌다고요."

당연한 말이지만 말을 꺼낸 카이도 신상이 응답하는 마법 같은 일은 일어나리라고는 생각도 하지 않았다. 그랬기 때문에 놀라움은 더욱 클 수밖에 없었다.

띠링!

[태양신 헬릭은 자신의 존재가 언급되자 이에 관심을 가집니다.]
[헬릭이 당신을 주시합니다.]

"응?"

사람은 기대하지 않았던 일이 갑자기 실현되었을 때, 어안이 벙벙해지는 법이다.

'태양신 헬릭이 날 주시한다고?'

혹시나 싶어 다시 한번 메시지창을 확인했지만 틀림없었다.

'신이 나를 왜……?'

카이의 목울대가 크게 출렁였다. 그럴 수밖에 없었다.

이건 46레벨의 흔하디흔한 사제에게 찾아온 말도 안 되는 기연이나 다름없었으니까.

물론 미드 온라인을 잘 알지 못하는 사람이 지금 이 상황을 본다면, 이렇게 말할 수도 있다.

어차피 게임상의 신 아니냐고.

데이터 덩어리일 뿐이지 않냐고.

하지만 그건 미드 온라인이라는 게임 자체를 이해하지 못한 사람만이 할 수 있는 말이었다.

지금만 해도 수억 명의 유저들은 데이터 덩어리인 귀족에게조차 고개를 못 드는 판국 아닌가.

'태양신이 갑자기 나를 주시하는 이유가 뭐지?'

어지롭게 돌아가는 카이의 시야로 조각상 하나가 눈에 들어왔다. 헬릭의 신상이었다.

'설마 이것 때문에? 내가 이 신상을 보고 기도를 해서?'

믿기지 않지만, 그게 아니라면 설명할 길이 없었다.

'그렇다면 지금 내가 해야 할 건…….'

태양신 헬릭을 설득하는 일이다.

카이는 즉시 무릎을 꿇었다.

"태양신님, 이렇게 간청합니다. 저의 딱한 사정을 들어주시고 제발 여기서 나갈 수 있게 도와주세요."

부드럽고 진정성이 느껴지는 목소리가 카이의 입에서 흘러나왔다. 그는 자신이 테루를 만났을 때부터의 일을 간략하게 설명했다.

띠링!

[이야기를 경청한 헬릭이 당신을 불쌍히 여깁니다.]
[헬릭은 당신이 바깥으로 나갈 수 있도록 기회를 주고자 합니다.]
[시험에 승낙하시겠습니까?]

'시험이라?'
카이가 잠시 머뭇거렸지만, 선택의 여지는 없었다.
"감사합니다, 태양신이시여."

[헬릭의 시험이 시작되었습니다.]

시험의 시작과 동시에 그의 눈앞에 포탈이 하나 생성되었다.
'왜 바로 내보내 주지 않고 이런 시험을 받게 하는지 모르겠
지만…… 기회를 준 것만으로도 감사해야겠지.'
카이는 포탈 속으로 들어갔다.
파앗!

"음……"

어두운 장소였다. 때문에 카이는 경거망동하지 않고, 시야가 어둠에 적응하기를 기다렸다.

잠시 후, 그는 자신이 서 있는 곳이 사람 대여섯 명은 편히 누울 수 있는 공간이라는 것을 알게 되었다.

'차가운 돌바닥과 돌벽을 보면 동굴인가? 딱히 다른 건 없어 보이…… 음?'

꾸우욱.

걸음을 옮기던 카이의 발치에서 기분 나쁜 감촉이 느껴졌다.

마치 살아 있는 무언가를 밟았을 때 느껴지는 듯한…….

'몬스터?'

카이는 황급히 뒤로 물러서며 방금 밟고 있었던 바닥을 살펴보았다. 그곳에는 사람 하나가 죽은 듯이 쓰러져 있었다.

'설마 나 때문에? 아니, 아니지.'

당장 치료를 위해 달려가려던 카이가 몸을 멈췄다. 지르칸을 구했을 때의 기억이 뇌리를 스쳐 지나갔기 때문이다.

'아까는 내가 너무 성급했어.'

카이는 지난 22년간 셀 수도 없이 많은 사람들에게 선행을 베풀었다. 만약 노벨 선행상이라는 것이 생긴다면, 그 상은 당연히 자신의 것이라고, 생각하고 있을 정도였다.

그렇게 많은 사람들을 도왔지만, 그 결말이 항상 훈훈하지는 않았다. 개중에는 평범하게 좋은 사람도 있었고, 진상도 있었으며, 개진상도 있었으니까. 구해줬더니 보따리까지 내놓으라고 소리치는 인간들이 바로 개진상에 속했다.

참고로, 이번에 지르칸은 개진상을 너머 헬진상이라는 새로운 영역을 구축하는 업적을 세웠다.

'어디 보자⋯⋯.'

카이가 눈을 가늘게 뜨고 손가락을 가볍게 튕겼다.

"신성한 빛."

파앗!

카이의 검지 끝에 미약한 빛이 생성되며 주변을 은은하게 비춰주었다.

'넝마를 입고 있네. 제대로 된 옷조차 아니야. 거지야, 뭐야?'

심지어 머리는 기름기로 떡이 져 있었고, 오랫동안 씻지도 못했는지 꼬질꼬질한 피부가 눈에 확 들어왔다.

"킁킁."

냄새도 좀 많이 났다.

'오케이. 일단 겉모습은 합격.'

사람들은 거지들을 한번 도와주면 구질구질하게 달라붙을 거라고 생각한다. 하지만 거지들을 몇 번 도와줘 본 카이는 그것이 사실이 아님을 알고 있었다.

'차라리 거지들이 쿨해. 솔직하게 감사할 줄도 알고.'

거지 중에 사연 하나 없는 사람이 어디 있으랴.

모두가 그런 건 아니었지만, 대부분의 거지들은 타인의 호의에 순수하게 감사할 줄 알았고, 괜히 자신으로 인해 상대가 피해를 볼까 봐 사람들과 가까이하는 것을 두려워했다. 그들도 자신들을 향한 세간의 인식이 어떤지 익히 알고 있었기 때문이다.

'좋아, 도와줘 볼까.'

견적을 기가 막히게 뽑은 카이가 거지의 몸을 흔들었다.

"이봐요, 일어나 봐요. 죽었어요? 죽었으면 죽었다고 말이나 해줘요."

"끄으응……."

몸을 몇 차례 흔들자 신음 소리를 내며 천천히 일어나는 거지. 너무 더러워서 여자인지 남자인지 도무지 구분을 할 수가 없었다. 정신을 차린 거지가 카이를 보며 놀란 두 눈을 크게 떴다.

"누, 누구…… 여긴 대체 어떻게……?"

목소리가 가늘고 높은 것을 보니 여자다. 카이는 그녀를 진정시키며 말했다.

"일단 진정하세요. 그리고 본인이 누구고 여기가 어디인지부터 말해주세요."

"제, 제 이름은 에이미예요. 그리고 여기는…… 흐흑!"

본인을 에이미라고 소개한 여자가 돌연 닭똥 같은 눈물을 뚝뚝 흘리기 시작했다.

동시에 동굴이 한 차례 진동했다.

드르르르르!

"꺄악, 오나 봐요! 저희는 다 잡아먹힐 거예요!"

"무슨 말인지 모르겠고, 일단 좀 진정해봐요. 큐어, 힐!"

에이미에게 버프를 걸자, 그녀의 가빴던 숨이 점차 차분해

졌다.

"하아, 하아…… 고마워요. 좀 진정됐어요."

"별말씀을. 그런데 아까도 물었지만 여기 대체 뭡니까?"

"정말 아무것도 모르세요?"

"모르니까 묻겠죠?"

"불쌍한 사람……."

에이미는 카이를 굉장히 가엾다는 표정으로 쳐다보더니 입

을 열었다.

"이곳은 웜 리자드의 둥지예요."

"방금 잘못 들은 거 같은데, 뭐라고요?"

"웜 리자드요."

"다시 한번만."

"웜 리자드요!"

"……."

기쁘게도 귀는 정상이었지만, 카이의 똥 씹은 표정은 나아

지지 않았다.

그야 이곳이 웜 리자드의 둥지였으니까.

'웜 리자드라면 분명……'

파충류의 단단한 비늘이 빼곡히 박혀 있는 것이 특징인 거대한 지렁이다. 하지만 그런 외관 따위는 아무래도 좋았다. 가장 중요한 것은, 녀석의 레벨이 최소 65가 넘는다는 부분이었다.

'웜 리자드. 최소 레벨 65가 넘는 필드 보스 몬스터…… 그딴 게 왜 여기 있어?'

자신이 활동하던 프리카 마을은 보통 40에서 50레벨 사이의 모험가가 활동하는 지역이었다. 51레벨의 붉은 놀 치프가 가장 강한 몬스터로 알려진 장소에서 뜬금없이 웜 리자드라니?

'끄응. 설마 헬릭의 시험을 수락하면서 아예 별개의 장소로 이동된 건가?'

오늘따라 유난히 자주 지끈지끈 아픈 머리를 꾹꾹 지압한 카이가 입을 열었다.

"출구는, 그럼 출구는 없습니까?"

"그게…… 있긴 한데……"

에이미가 말끝을 흐렸다.

"그럼 됐네요. 저랑 같이 나갑시다. 그쪽이 길을 안내해주면 제가 신성 마법으로 지켜드리죠."

카이는 스킬 레벨이 상당히 높은 성스러운 방어막을 믿었다. 웜 리자드의 공격을 영원히 막을 수는 없겠지만, 두세 번 정도는 막아낼 자신이 있었다.

"죄송한데, 저는 다리가 이래서…… 혼자 가서야 할 거예요."

에이미가 씁쓸한 표정을 지으며 자신의 다리를 가리켰다. 이제 보니 그녀는 자신의 한쪽 다리에 붕대를 감아놓은 상태였다.

그것을 물끄러미 바라보던 카이가 물었다.

"혹시 방해될까 봐서요?"

"저는 혼자서 못 걸어요. 짐이 될 수는…… 없잖아요."

"……."

잠시 그녀의 말을 진지하게 고민하던 카이가 고개를 흔들었다. 그러고는 소매를 걷더니 그녀를 들어 등에 업었다.

"웃차."

"꺄악, 자, 잠깐……. 지금 뭐하시는 거예요!"

"뭐하긴요, 그쪽 업고 있잖아요. 버둥거리지 말고 얌전히 등에 타요. 무거우니까!"

"무, 무겁지 않아요!"

"무겁구만."

카이는 태연한 표정으로 냄새나는 그녀를 등에 업었다. 딱히 자신조차 모르던 영웅심이 폭발한 것은 아니었다.

'괜히 두고 가서 밤잠 설칠 수는 없지.'

지금 여기서 그녀를 버리고 가는 건 제 손에 피를 안 묻힐 뿐, 죽이는 것과 다를 것이 없다. 다리가 부러진 상태로 웜 리자드를 따돌리고 동굴을 빠져나갈 가능성은 한없이 0%에 가까우니까.

"저는 길을 안내해 줄 사람이 필요하고, 그쪽은 다리가 필요합니다. 이런 게 상부상조, 윈윈 아니겠어요?"

"대체 왜 이렇게까지…… 미, 미리 말해두지만 저는 돈 없어요."

에이미가 지레 겁을 집어먹자 카이가 피식 웃었다.

"거지한테 돈 달라는 사람도 있습니까?"

"으으……."

카이는 인벤토리에서 낡은 모포를 한 장 꺼내 뒤로 내밀었다.

"이거나 두르고 있어요. 아까 보니까 몸을 덜덜 떨고 계시던데. 춥잖아요."

"그, 그럼. 염치 불고하고……."

에이미는 얌전히 모포를 받아 제 몸에 둘렀다.

그녀는 몸이 한결 따뜻해지는 것을 느끼며 길 안내를 시작했다.

"저 앞 갈림길에서 왼쪽으로 꺾으시고……."

에이미가 길을 가르치면, 카이는 묵묵히 걸어나갔다.

10분쯤 걸어나가자 모닥불이 켜져 있는 장소가 나왔다.

누군가가 모닥불의 근처 바닥에 앉아 벽에 등을 기대고 있었다.

"응? 아니, 네가 여길 어떻게……"

간간하게 생긴 노인이었다.

그는 에이미를 발견하더니, 화들짝 놀라며 엉거주춤 일어섰다. 그의 차림새도 에이미와 마찬가지로 꼬질꼬질했지만, 의복 자체는 고급스러운 원단으로 만들어져 있었다. 그는 카이를 보더니 눈을 크게 떴다.

"남자? 못 보던 얼굴인데!"

노인이 눈을 빛냈다. 그는 카이를 향해 손짓했다.

"일단 잘 되었군. 이보게, 나가는 길이라면 이리 와서 나도 같이 데려가게."

"……"

이에 카이는 눈살을 찌푸리며 노인을 살폈다.

'뭐지, 저 노인?'

카이는 에이미를 바닥에 조심스럽게 내려놓았다. 그녀가 몸을 움찔거리는 것이 느껴졌으나, 그녀는 자신을 내려놓는 카이를 붙잡지 않았다.

"오오, 어서오게."

카이가 자신에게 다가오자, 노인이 누런 금니를 드러내며 웃었다.

"과연 죽으라는 법은 없군. 설마 이 굴에서 건실한 청년을 만날 줄이야."

"됐고요. 잠시 확인할 게 좀 있습니다."

덥석. 노인의 두툼한 외투를 잡은 카이는 그것을 강제로 벗겨냈다.

"이, 이보게! 지금 대체 뭐하는……."

후두두둑.

외투를 뒤집어 휙휙 털자, 주머니 곳곳에 숨겨져 있던 식량과 보석들이 끝도 없이 쏟아져 나왔다. 게다가 그가 앉아 있던 자리에는 모포가 몇 겹이나 깔려 있었다.

이를 목격한 카이의 눈빛이 차가워졌다.

"식량도 많고, 모포도 넘치시네요. 그런데 왜 에이미에게는 나눠주지 않았습니까?"

"무, 무슨 소리인가. 나눠줬네. 시, 식량은…… 이미 저 아이가 다 먹은 거겠지!"

"그럴 리가요."

카이가 이를 단호히 부정했다.

조용한 동굴에서 사람을 등에 업으면, 배에서 나는 꼬르륵 소리는 천둥처럼 크게 들리는 법이니까.

카이의 눈빛이 한층 더 차가워지자, 노인이 다급한 표정으로 말을 이었다.

"그, 그래. 나는 그녀가 이미 죽은 줄 알았어!"

"아까와는 말이 다르네요."

"그건…… 나이가 드니 어쩔 수 없네."

카이는 노인에게서 시선을 거두며 에이미를 쳐다봤다.

"진실은요?"

"제가 다리를 다치자 저 사람이 모포 세 장을 뺏어갔어요."

이를 듣고 있던 노인이 침을 튀기며 항변했다.

"자, 자네 지금 혹시 저 다리 병신의 말을 믿는 건가? 이보게, 나는 마일로 상단의 부단주인 데이록일세. 저런 천한 년과는 사회적 지위부터가 다르다는 소리야! 아, 그렇지! 내가 동굴을 나갈 수 있게 도와준다면 돈을 지불하지. 얼마를 원하나? 50…… 아니지. 100골드를 주겠네!"

"100골드라……."

현금으로 1,000만 원에 달하는 어마어마한 액수였다.

"확실히 큰돈이야."

"물론일세! 나는 마일로 상단의 부단주……."

"하지만 내 자존심을 사기엔 턱없이 모자란 액수지."

카이가 당연하다는 듯 자연스럽게 존대를 멈추었다.

"그리고 뭔가 큰 착각을 하는 것 같은데. 나는 딱히 돈이 궁한 사람이 아니거든."

"그게 무슨…… 돈은 많을수록 좋은 것 아니겠나!"

"맞는 말이야. 하지만 더 중요한 것을 팔아치우면서까지 얻을 필요는 없지."

"이, 이만한 재화를 거부하다니…… 제정신인가?"

"제정신이니까 이런 선택을 하지. 돈에 미쳐서 그릇된 판단을 하는 걸 제정신이라 부르지는 않거든."

그 말에 데이록이 제 몸을 부들부들 떨었다.

그러거나 말거나, 카이의 생각은 한결같았다.

'도와줄 가치가 없는 이는 돕지 않아.'

카이가 남을 도와주게 된 계기는 유치원 때 받은 사탕 때문이다. 누군가를 도와주고 그에 대한 보상을 받는 그 순간이 좋았다. 무언가를 해냈다는 성취감은 그에게 살아 있다는 감정을 느끼게 해주었다.

'특히 미드 온라인을 접하고 나서는…… 더더욱.'

NPC들은 항상 부탁을 한다. 그리고 그 부탁을 들어주면 경험치나 아이템이라는 형태로 보상을 해준다.

'완벽하게 내가 바라던 세상이지.'

퀘스트와 보상.

두 가지가 존재하는 한, 미드 온라인은 카이에게 천국 같은 장소였다.

고오오오오!

"히, 히익!"

동굴의 통로 저편에서, 공룡의 울음소리 같은 굉음이 들려왔다.

그 소리를 들은 에이미와 데이록의 안색이 새하얘졌다. 공포로 이성이 마비된 데이록은 주머니에서 금화를 닥치는 대로 꺼내며 소리쳤다.

"더, 더이상 시간을 지체한다면 우리는 물론이고 자네까지 죽네. 개구멍을 알고 있어! 나를 보호해 준다면 그곳까지 안내해주겠네. 우리 두 사람은, 살 사람은 살아야 하지 않겠는가! 게다가 돈이라면 얼마든지 지불할 용의가 있어. 150…… 아니, 200골드를 주지!"

"……."

욕심이 나지 않는다면 그것은 거짓이다. 돈이 궁하지는 않아도 2천만 원은 큰 돈이니까. 하지만 그에게는 22년이라는 시간 동안 지켜온 신념이 있었다.

"도와줄 가치가 있는 사람만 돕는다. 그렇게 정했어."

협상이나 지름길이라는 존재 자체를 모르는 것 같은, 고집스러우면서도 올곧은 눈빛.

그 눈빛을 마주한 순간, 데이록은 자신이 무슨 말을 해도 카이를 설득할 수 없다는 것을 깨달았다. 그러자 그의 얼굴이 표독스럽게 변했다.

"결국 죽음을 선택하겠다는 건가? 멍청한 녀석, 지옥에나 떨어져라!"

자신에게 악독한 저주가 퍼부어졌음에도 불구하고, 카이는 방긋 웃었다.

"어차피 게임인데 한번 가보지 뭐. 거긴 마족이 나오려나?"

가치가 없는 존재에게 호의를 베푸는 것만큼 허무한 것은 없다. 그들은 호의를 받으면 그것이 권리인 줄 착각하니까.

카이는 그런 사람들을 많이 보아왔다. 그리고 그 짜증 나는 경험을 다시 하기는 죽기보다 싫었다.

그딴 녀석들을 돕는다고 소비하는 자신의 시간과 노력이 아까웠다.

"카, 카이 님…… 전 괜찮으니까…… 가서도 돼요."

같은 장소에 이렇게 극과 극인 사람이 공존할 수가 있는 걸까?

한 명은 돈을 줄 테니 살려달라고 하고, 한 명은 자신은 괜찮으니 떠나라고 한다. 물론 카이는 두 사람의 부탁을 모두 거절했다.

"됐어요. 어차피 그쪽 두고 혼자 가면, 잠자리가 뒤숭숭할 겁니다."

카이가 대답을 하는 순간, 포효 소리가 점점 가까워졌다.

'헬릭의 시험이고 뭐고, 시작하기도 전에 죽게 생겼네.'

다음 순간 지진이라도 난 것처럼 동굴이 크게 흔들리더니, 메시지창 하나가 떠올랐다.

[자신의 선택을 후회하지 않을 자신이 있습니까?]

"뭐야 이건……."

이 순간만큼은 카이조차 당황했다. 게임을 시작한 이후로 이런 식의 메시지가 떠오른 적은 한 번도 없었으니까.

'내 선택을 후회하지 않을 자신이 있냐고?'

답은 쉽게 나왔다. 애초에 고민할 필요도 없었다. 자신이 세워놓은 기준을 따르는 한, 결과가 어떻게 나온다 한들 후회하지 않을 테니까.

"안 해."

카이의 단호한 대답과 동시에, 시야가 어두워졌다.

다시 사야가 밝아졌을 때 카이는 조금 당황했다.

'이건 또 뭐야?'

카이가 고개를 갸웃거렸다. 칙칙한 동굴의 행방은 묘연해지고, 밝고 활기찬 정원이 눈에 들어왔기 때문이다.

백금으로 천사가 조각되어 있는 분수대에서는 물 대신 무지개가 뿜어져 나오고 있었고, 고개를 돌리니 구름으로 만들어진 계단이 놓여 있다.

말 그대로 낙원이라는 말이 어울릴 만한 장소였다.

"멋있네……"

오직 게임에서만 볼 수 있는 광경이다. 카이의 입에서 저도 모르게 감탄이 흘러나왔다.

그 순간, 메시지창이 떠올랐다.

띠링!

[전직 퀘스트, 헬릭의 시험을 성공적으로 통과했습니다.]
[연계 퀘스트, 자격의 증명으로 연계됩니다.]

[자격의 증명]

[난이도 : S]

[태양의 신 헬릭의 성세는 대륙에서 단연 최고로 꼽힙니다. 하지만 곧 대륙을 덮칠 어둠은 사람들이 상상하는 것 이상으로 강대합니다. 이미 오래전부터 이와 같은 미래를 예견한 헬릭은 지상에서 자신의 뜻을 대변해 줄 대리자를 찾고 있었습니다.

그의 대리자가 되어 사람들을 널리 이롭게 하고 강대한 악에 맞서 싸우십시오.]

[퀘스트 발생 조건 : 헬릭의 시험을 통과한 자]

[성공할 경우 : 태양의 사제(신화) 전직]

"……."

'뭐?'

카이는 눈을 의심했다.

'무슨 등급?'

여태까지 공개된 히든 클래스의 등급은 영웅 등급 하나뿐이었다. 그 직업으로 전직을 하게 되면, 대륙의 역사에 기록된 영웅의 진전을 이을 수 있었다.

'하지만…… 이건 영웅이 아니잖아.'

무려 신화 등급이다. 그것도 단일 세력으로는 대륙 최강을 자랑하는, 태양교의 히든 클래스.

'신화 등급이라면…… 누가 봐도 영웅 등급보다는 상위 클래스다.'

생각이 거기까지 미친 순간, 카이는 주저 없이 입을 열었다.

"수락한다."

[전직을 위해서 특정한 장소로 이동됩니다. 수락하겠습니까?]

"그래."

[검증의 공간으로 이동합니다.]

다음 순간, 카이는 아무것도 없는 순백의 공간에 떨어졌다.

카이는 주변을 이리저리 둘러보았다.

순백이 왜 순백인가? 하야니까 순백이다. 말 그대로 그 공간은 온통 하얀색으로 이루어져 있었다. 하늘도, 바닥도, 저 멀리 보이는 지평선마저 모두 하얀색이었다.

"언덕 위의 하얀 집은 들어봤어도⋯⋯."

멀뚱거리는 카이의 눈앞에 다시 한번 메시지창이 떠올랐다.

[거룩한 태양의 신 헬릭은 아무에게나 지상 대리자의 권한을 주지 않습니다. 검증을 위해 마력 구슬 위에 손을 올려 주십시오.]

"마력 구슬?"

고개를 갸웃거리자 바닥에서 갑자기 허리 높이 정도의 기둥이 솟아났다. 기둥 위에는 붉은빛을 뿜어내고 있는 구슬이 보였는데, 그 구슬만이 순백색 세상에서 유일하게 다른색을 지니고 있었다. 아마도 저것이 마력 구슬인 것 같았다.

'여기다가 손을 올리라고?'

아무 고민 없이 마력 구슬 위에 손을 올려놓는 순간, 카이의 눈앞으로 수백 개의 영상이 떠올라 파노라마처럼 흘러갔다.

"이 영상들은……."

숲속에서 길을 잃고 늑대에게 포위당한 초보자를 구해줬던 일, 북적거리는 시장에서 울고 있는 소녀를 그녀의 엄마에게 데려다준 일, 독거노인 NPC를 간호하며 그가 편히 눈을 감을 때까지 간병한 일, 상인의 죽어가는 아내를 살리기 위해 늪지대에서 약초를 캐왔던 일까지!

카이가 미드 온라인을 플레이하면서 자발적으로 행했던 선행들이 모두 영상으로 재생되었다.

'이게 다 기록되고 있었다고?'

자신조차 까맣게 잊고 있었던 기억들 아닌가.

마지막 영상이 끝남과 함께 마력구슬 위로 메시지가 떠올랐다.

[플레이어 카이의 시험 성적 채점 중.]

[플레이어 카이의 성향 : '순수', '선', '계산적']

[플레이어 카이에게 친근함을 느끼고 있는 NPC : 458명]

[플레이어 카이를 절대적으로 신뢰하는 NPC : 47명]
[헬릭의 시험 달성률 : 250%]
[달성률이 100%를 초과했습니다. 추가 보상을 획득합니다.]
[태양의 사제로 전직할 수 있는 조건을 모두 갖추었습니다.]
[태양의 사제로 전직하시겠습니까?]

"……"

카이는 입을 꾹 다물었다.

현실의 몇몇 친구들은 남을 돕는 자신을 호구라 불렀다.

물론 친구들과 사이가 안 좋았던 건 아니었다. 오히려 그는 인기가 많았다. 하지만 정작 마음을 터놓을 만큼 깊은 관계를 지닌 친구는 몇 없었다.

머리가 자라면서 카이는 그 이유를 알 수 있었다.

'그야, 내 옆에 있으면 피곤하겠지.'

적당히 친한 관계로 지내면 때때로 이용할 수 있어서 편하지만 관계가 너무 깊어지면 피곤한 존재. 사람들은 자신을 그런 식으로 생각하고 있었다.

한번은 카이도 남을 도와주는 것을 그만두려고 했으나, 차마 그러지를 못했다.

'꽃……'

누군가를 도와줬을 때, 그들의 얼굴에 환하게 피어나는 한

송이의 웃음꽃, 그 꽃을 보는 순간이 가장 즐거웠고, 살아 있다는 기분을 느낄 수 있었다. 카이는 저도 모르게 그 꽃이 뿜어내는 향기로운 내음에 푹 빠졌던 것이다.

순백의 공간에 덩그러니 놓인 카이의 눈에서 돌연 치기가 솟아 올랐다.

"그래서…… 뭐 어쨌다고."

남을 도와주는 것이 무엇이 나쁜가?

호구 같다고? 답답하다고?

그럼 곤경에 빠진 사람을 자신들이 직접 도와주면 될 것 아닌가. 하지만 타인의 선행을 비하하는 이들은 절대 먼저 행동하지 않는다. 그렇다면 타인의 도움이 절실한 사람들은 대체 누가 도와주겠는가?

"결국 답답한 놈이 뛰는 거지."

카이는 호흡을 가다듬으며 메시지창을 다시 한번 확인했다.

"봐. 내가 틀린 게 아니잖아."

보아라. 선행을 베푼 결과가 무엇인지.

0과 1로 이루어진 냉철한 데이터의 세계가 그를 인정했다. 카이가 지나온 길은 누군가 바보 같다 비웃고, 누군가는 부질 없다고 고개 젓던 길이었다.

하지만 미드 온라인의 시스템은 그의 선행이 잘못되지 않았고, 오히려 잘해왔다고 인정해 주었다.

"내가 잘못 살아온 게…… 아니라는 말이지."

카이가 고개를 무겁게 끄덕였다. 억지로 웃지 않으면 눈물이 나올 것 같았기에 그는 도리어 활짝 웃으며 입을 열었다.

"전직한다. 태양의 사제로."

선언과 동시에 하늘에서 쏟아진 태양빛이 카이의 전신을 휘감았다.

봄날의 포근함과 한여름의 열정, 가을의 고독과 겨울의 따스함. 사시사철 어디에선가 햇볕을 쬘 때 느꼈던 여러 가지 기분이 동시에 느껴졌다.

띠링!

[직업 사제가 태양의 사제로 변경됩니다.]

[태양의 사제로 전직하여 직업 전용 스탯과 스킬이 생성됩니다.]

['선행' 스탯이 개방됩니다.]

['햇살의 따스함' 스킬을 획득합니다.]

['태양의 축복' 스킬을 획득합니다.]

['태양의 갑옷' 스킬을 획득합니다.]

[추가 보상으로 '친근한 형제' 스킬을 획득합니다.]

[신화 등급의 직업을 획득하여 모든 스탯이 10 상승합니다.]

[칭호 '신의 대리자'를 획득합니다.]

"뭐가 이렇게 많아?"

메시지창이 너무 많아서 한눈에 잘 들어오지도 않았다.

카이는 얼떨떨한 표정으로 스탯창을 불러냈다.

[카이]

[직업 : 태양의 사제]

[레벨 : 46]

[칭호 : 견습 사제]

[생명력 : 9,100]

[신성력 : 17,600]

[능력치]

힘 : 21 / 체력 : 91

지능 : 21 / 민첩 : 21

신성 : 176 / 선행 : 0

"정말로 모든 스탯이 10만큼 늘어났어."

시스템 메시지의 말처럼 태양의 사제로 전직을 하자 모든 능력치가 10씩이나 상승해 있었다.

'역시 신화 등급 직업.'

미드 온라인에서는 평범한 직업으로 전직을 하면 모든 능력치가 하나씩 오른다. 가끔 커뮤니티나 게임 뉴스에 공개되는 히든 직업들의 경우에는 세 개 정도가 올랐다.

'하지만 나는 열 개나 상승했지.'

게임을 처음 시작하면 모든 스탯이 10으로 설정되어 있다. 이후로 레벨이 하나 오를 때마다 스탯 포인트가 5개씩 주어지고, 그 포인트를 이용해 마음껏 자신의 스탯을 올리는 것이 미드 온라인의 시스템이었다.

'한마디로 모든 능력치가 10개씩 올라갔다는 건, 레벨이 10개 오른 것과 마찬가지야.'

카이는 짜릿한 기분을 느끼며 스탯창을 다시 한번 둘러봤다.

'아, 그러고 보니 사제로 전직할 때 이미 모든 능력치가 하나씩 올라간 적이 있었지?'

즉, 얼떨결에 전직을 두 번이나 해서 스탯이 총 11개나 올랐다는 소리!

스탯을 하나도 투자하지 않은 힘과 지능, 민첩이 21이나 되는 이유였다. 소가 뒷걸음질치다가 쥐를 잡은 격이었지만, 기쁘기는 마찬가지였다.

카이는 스탯창에 새롭게 추가된 스탯을 주시했다.

"선행 스탯이란 건 뭐지? 모든 스탯이 상승했는데 이것만 그대로잖아."

카이는 손가락으로 선행 스탯을 가볍게 터치했다.

[선행]

선행을 베풀면 상승하는 능력치입니다.

(다른 방법을 통해 스탯 포인트를 올릴 수 없습니다.)

"선행을 베풀어야만 올라가는 능력치다, 이건가."

그 부분은 이해가 되었지만 무엇을 위한 스탯 인지는 여전히 알 수가 없었다.

카이는 찜찜한 기분을 억지로 지워내며 스킬창을 불러냈다.

[햇살의 따스함 LV. 1]

대상의 HP를 회복하고 모든 상태 이상을 해제합니다.

언데드와 악마족 몬스터에게는 치유량만큼의 대미지를 입힙니다.

숙련도 0/100

[태양의 축복 LV. 1]

대상의 불리 공격력과 마법 공격력, 신성 공격력을 상승시킵니다.

숙련도 0/100

[태양의 갑옷 LV. 1]

대상의 물리 방어력과 마법 방어력을 상승시킵니다.

숙련도 0/100

[홀리 익스플로전 LV. 1]

거룩한 신의 빛을 쏘아내 적들을 심판합니다.

숙련도 0/100

"흠."

설명만 읽어보면 사제의 기본 스킬인 힐과 축복, 빛의 방어막이나 빛의 광선과 전혀 다를 것이 없었다.

'뭐, 나중에 써보면 알겠지. 그나저나 사제 때 익혔던 스킬도 사라지지는 않았네.'

카이는 새롭게 추가된 스킬 밑으로 원래 즐겨 쓰던 스킬들이 고스란히 존재하는 것을 보며 만족스러운 미소를 지었다.

"내가 스킬 숙련도 올린다고 얼마나 개고생을 했는데, 사라졌으면 섭섭할 뻔했어."

게다가 전직을 하면서 새롭게 획득한 칭호까지 있었다.

"칭호 도감."

펑!

허공에 두꺼운 책 한 권이 소환되었다.

카이는 한 손으로 책을 받친 뒤, 반짝거리며 빛나는 페이지를 펼쳤다.

반짝이는 페이지는, 그곳에 새롭게 추가된 칭호가 있다는 뜻이었으니까.

[신의 대리자]
등급 : 신화
내용 : 신을 대리하는 이에게 주는 칭호
효과 : 선행 스탯의 수치만큼 모든 능력치 상승

"응?"

멍한 표정을 지은 카이는 쉽사리 말을 잇지 못했다.

그러기를 잠시, 가출했던 정신이 돌아오는 것과 동시에 목울대가 크게 출렁였다.

'이게 대체 무슨?'

두 눈을 부릅뜬 카이는 다시 한번 칭호의 효과를 꼼꼼히 읽었다. 교과서를 이렇게 읽었다면 진작 한국대에 합격했을 정도의 집중력이었다.

'이게 사실인지 실험을 한번 해보고 싶은데, 선행 스탯이 없어.'

그렇다면 우선 선행 스탯부터 쌓아봐야 한다.

"그럼 이곳을 나가야겠지. 출구는 어느 쪽이지?"

사방이 순백으로 이루어져 있는 검증의 공간에는 당연히 문이라 칭할 만한 것이 없었다. 하지만 카이가 나가고 싶다고 생각을 하는 순간, 메시지창이 떠올랐다.

[검증의 공간에서 나가겠습니까?]

"어."

[이동할 장소를 선택해 주십시오.]

"이런 것도 해주나?"
역시 고객을 만족시키는 건 애프터 서비스!
감동을 먹은 카이는 자신이 원래 활동하던 영지를 터치했다.

[프리카 마을로 이동합니다.]

"그래."
파앗!
새하얀 빛이 터지며 카이의 신형을 감싸 안았다. 태양의 사제로 전직을 마치느라 정신이 없던 카이는, 수없이 떠오른 메시지창 밑에 떠오른 몇 줄의 문장을 미처 읽지 못했다.

[올바르지 않은 경로로 직업을 획득합니다.]

[태양의 사제(신화)의 능력이 일부 봉인됩니다.]

[봉인된 능력은 차후 전직 관련 NPC와 만나 해제할 수 있습니다.]

"파티원 구합니다. 레벨 45 이상 사제나 드루이드 구해요!"

"탱커 구합니다! 붉은 놀 세트 5부위 이상 장비한 단단한 분 모셔요!"

"붉은 놀 치프 레이드 하실 딜러 한 분 구해요. 당신만 오면 출발!"

"모험가분들을 위해 마론 제과점에서 갓 구운 빵 팔아유! 달달한 팥이 들어 있는 부드러운 빵이 5개에 3실버!"

정신을 차리자 주변은 순식간에 시끌벅적한 장소가 되어 있었다. 불과 몇 시간 전에 카이가 파티원들을 구했던 프리카 마을의 중앙 광장이었다.

광장에는 NPC와 플레이어들이 한데 어우러져 파티원을 구하거나 물건을 거래하고 있었다.

"자 그럼…… 아, 그러고 보니 추가 보상을 확인 안 했구나."

신의 대리자 칭호를 장착한 카이는 추가 보상을 확인했다.

[친근한 형제]
태양신을 믿는 NPC들이 당신에게 친근감을 느낍니다.

"친근감을 느낀다? 추가 보상치고는 뭔가 애매한데……."
고개를 갸웃거린 카이는 곧장 스킬을 활성화했다.
'사용이 된 거야, 안 된 거야?'
자신의 몸을 훑어봤지만, 딱히 눈에 띄는 변화는 느껴지지 않았다. 잠시 고민을 하던 카이는 좋은 생각이 떠올랐다.
'채소 가게의 로라 아줌마가 태양교 신자였으니 채소 가게에 가보면 확인이……?'
생각을 이어가던 카이는 주변의 공기가 바뀐 것을 느끼며 주위를 둘러봤다.

2장
선행의 힘

공기, 혹은 분위기라고 불리는 것이 한순간에 바뀌었다.

그 미묘한 느낌에 광장의 플레이어들은 고개를 갸웃거렸다.

"갑자기 주위가 엄청 조용해진 것 같은 기분이 드는데?"

"그러게. 무슨 일이지? 딱히 사고가 터진 것 같지도 않은데."

"가끔 학교에서도 이런 거 있지?"

뒤바뀐 공기를 읽지 못한 눈치 없는 플레이어 몇을 제외하고는, 모두가 바뀐 공기의 원인을 찾기 위해 주위를 두리번거렸다.

한 플레이어의 말처럼, 학교에서 수업을 받다 보면 마치 모두가 짠 것처럼 조용해지는 순간이 있다. 지금의 광장이 그런 경우와 흡사했다.

'확실히 뭔가 이상한데……'

눈치 빠른 카이도 뭔가가 달라졌다는 것을 알아챘다. 심지어 그는 누구보다 빠르게 그 원인을 찾을 수 있었다.

'이거…… 나 때문인 것 같은데?'

왼쪽에도, 오른쪽에도 하나같이 자신을 향해 애틋한 눈빛을 마구마구 보내는 NPC들이 가득하다.

그들은 서서히 거리를 좁혀왔다.

"카이 군, 일전에는 자네의 능력이 부족하여 부탁을 하지 않겠다고 했지? 내 생각이 짧았네. 자네라면 내 부탁을 들어줄 수 있을 게 분명해."

레벨이 부족해 퇴짜를 맞았던 퀘스트가 갑자기 굴러들어 왔고,

"카이 님, 오늘 아침에 갓 구운 빵이유. 밀가루만 30년을 만져온 제가 오늘 만든 빵 중에서 품질이 가장 좋은 녀석이니 꼭 드셔 보세유!"

개당 3실버나 하는 빵을 몇 개나 공짜로 얻었으며,

"흐으응, 카이 씨? 오늘따라 조금 멋있어 보이시네요. 함께 호숫가에 산책이나 가실래요?"

평소에는 자신에게 관심도 없던 미녀 NPC가 눈웃음을 치며 데이트 신청을 해왔다.

'뭐야…… 이 상황은.'

미간을 찌푸린 카이는 본능적으로 이들이 이러는 이유를

알 수 있었다.

'친근한 형제 때문이구나.'

그 예상이 맞다면 효과는 그야말로 발군이었다. 왜냐하면 미드 온라인에서 호감도를 올리는 방법은 현실과 다를 것이 없었기 때문이다.

친해지고 싶은 NPC에게 잘 보이고, 마음에 드는 행동을 하면 조금씩 호감도가 상승한다.

'그런데 나는 그 과정을 생략하고 친근감을 느끼게 할 수 있지. 그 정도가 어느 정도인지는 아직 모르겠지만.'

일단 유용한 스킬이라는 것 하나만큼은 확실했다. 태양교는 대륙에서 막강한 교세를 자랑한다. 헬릭을 믿는 NPC의 수는 셀 수가 없을 정도였으니, 쓸모도 많아보인다.

"뭐야. 저 유저가 누군데?"

"몰라? 혹시 유명한 플레이어인가? 랭커라거나."

"에이, 내가 웬만한 랭커 얼굴은 다 알고 있는데…… 전혀 못 보던 얼굴이야."

'이런.'

카이는 재빨리 사제복의 후드를 깊게 눌러쓰고는 친근한 형제 스킬을 비활성화했다. 그러자 꽉 조여 있던 허리띠가 풀리듯, 광장의 분위기가 느슨해졌다.

"크, 크흠. 잠시 내가 착각을 한 것 같네. 부탁은 없던 것으로 하지. 실력을 더 키워서 오게나."

"산책은 저 혼자 갈게요. 아까는 예의상 해본 말이었어요. 무슨 뜻인지 알죠?"

"내 빵 내놓으슈."

"……."

친근한 형제를 비활성화하자마자 손바닥 뒤집듯 태세를 전환하는 NPC들! 그 모습에 카이는 사회라는 혹독한 밀림에 내던져진 청춘들의 아픔을 느끼며 크게 한탄했다.

그나마 다행인 건 유저들의 관심도 금방 식었다는 것이다.

"그럼 그렇지."

"뭐야, 별거 아니었잖아?"

"아차차, 파티원 구해야 하는데!"

"45랩제 레어 검 팝니다. 선 제시, 장사꾼 사절!"

광장은 언제 조용했냐는 듯 다시 시끄러워졌다.

카이는 광장을 돌아다니는 무수한 인파 속에서 자신의 손바닥을 쳐다봤다.

'칭호의 힘…… 이건 진짜다.'

그렇다면 선행 스탯과 관련된 능력 역시 진짜일 가능성이 높았다.

그 사실을 깨닫는 순간 심장 박동이 거세지고 손바닥은 땀으로 축축해졌다. 동시에 밀려오는 것은 참을 수 없는 희열!

두 주먹이 절로 꽉 쥐어졌다.

22년을 살면서 이룬 것 하나 없는 그였다.

장점이라고는 남을 잘 도와준다는 것뿐, 실제 생활에는 아무런 도움이 안 되는 시답지 않은 능력이었다.

"하지만 지금부터는 달라질……."

"거, 내 빵 안 주슈?"

"……."

카이는 눈물을 머금고 부드러운 빵을 돌려주었다.

삐이이이익!

미드 온라인을 개발한 다국적 기업 페가수스사의 한국 지부에서 시끄러운 비프음이 울렸다.

"시끄럽군. 우선 저 소리부터 끄게."

"예, 지부장님!"

페가수스사의 한국 지부장을 맡고 있는 강민구는 사무실의 거대한 모니터를 보며 고개를 끄덕였다.

"후우. 알람이 울린 걸 보니 뭔가가 또 연락 된 건가? 요인이 뭔지 파악해 봐."

"예!"

직원들이 분주히 원인을 찾기 시작했다.

잠시 후, 속속들이 보고가 올라왔다.

"새로운 히든 클래스가 잠금 해제되었습니다!"

"코드명은 M-015E34로 파악됩니다."

"끄응……."

강민구의 입에서 앓는 소리가 새어나왔다.

"또 히든 클래스인가? 우리나라에서만 대체 몇 번째지?"

"네 번째…… 입니다."

"본사에서 또 한소리 하겠군. 누가 게임 폐인 국가 아니랄까 봐……."

안 그래도 본사에서 몇 주 전에 밸런스 문제에 대해 거론하며 잔소리를 했다.

히든 클래스로 전직한 한국의 유저 수가 무려 중국과 비슷할 정도로 많다는 것이 그 이유였다.

"그나저나 저 코드면 또 무슨 직업이지? 이번엔 좀 쓰레기 같은 직업이라도 걸렸어야 잔소리를 덜 들을 텐데 말이야."

한숨을 내쉬며 부하 직원에게 다가가던 강민구는 명석한 두뇌로 저 코드가 의미하는 바를 파악했다.

'일단 앞자리가 M이군. 다행히 H가 아니야. 별 듣도 보도 못…… 잠깐, M?'

Hero의 H가 아니라 M?

단번에 사색이 된 강민구는 부하 직원의 자리를 빼앗고는 키보드를 두드렸다.

타다다다다닥, 타다다다다닥!

엔터를 눌렀을 때 화면이 출력해낸 결과는 가히 충격적이었다.

[코드-M-015E34]

[직업 : 태양의 사제]

[등급 : 신화]

"뭐, 뭐……? 이, 이게 왜 지금?"

경악한 표정을 지으며 제 머리를 쥐어뜯던 강민구가 비명을 질렀다.

"대체 왜, 우리나라에서만 이런 일이 생기는 건데!"

지금이라도 당장 본사에서 전화가 걸려올 것만 같았다.

그때였다.

띠리리리리링!

"예, 전화 받았습…… Yes, yes, sir."

전화를 받은 직원 하나가 잔뜩 긴장한 표정으로 강민구를 쳐다봤다.

"저, 지부장님. 지금 본사에서 전화가 왔습니다만."

"후우, 곧 간다고, 잠시만 기다려 달라고 전해."

힘없이 자리에서 일어난 강민구는 자리를 뜨기 전 부하 직원에게 명령을 내리는 것을 잊지 않았다.

"누군지 찾을 수 있지?"

"그, 그게…… 아무리 저희가 운영자여도 모든 유저들의 위치나 상황을 파악할 방법은 없습니다."

"그래도 찾아. 무조건 찾아."

"차, 찾아서 어떻게 할까요?"

부하의 물음에 강민구가 인상을 팍 썼다.

"어떻게 하긴 뭘 어떻게 해? 찾는 즉시……!"

그다음에 뱉어낼 말을 찾던 그는 결국 힘없는 목소리로 대꾸했다.

"지켜보는 거지. 뭐…… 게임 어떻게 하는지 구경해. 감시해. 운영권도 없는 우리가 뭘 하겠어."

"알겠습니다. 그런데 지부장님, 이런 코드는 처음 보는데, 대체 무슨 직업을 뜻하는 겁니까?"

도살장에 끌려가는 소처럼 전화기를 향해 걸어가던 강민구가 다 죽어가는 사람처럼 조용히 입을 열었다.

"M은…… Myth(신화)등급의 약자다."

게임이 오픈된 지 4개월밖에 안 된 지금 시점에는 절대 해제되어선 안 될 직업이기도 했다.

"어디 보자……."

강민구가 본사의 높으신 분들에게 깨지고 있는 시각, 카이는 마을 광장에 있는 퀘스트 게시판을 뒤적거리고 있었다.

퀘스트 게시판이란 NPC들이 의뢰 내용을 적은 종이를 붙이는 장소로, 플레이어는 이곳에서 퀘스트를 간편히 받을 수 있었다.

옛날 게임처럼 맵을 돌아다니며 힘들게 NPC를 찾아다니지 않아도 되는 편리한 시스템이었다.

"이게 제일 오래된 건가?"

카이는 게시판의 구석에 다른 종이들로 가려져 있는 퀘스트 종이를 떼어냈다.

[딸의 겨울옷]

[난이도 : E-]

[잡화상점 주인 톰은 딸아이의 생일 선물로 겨울 코트를 선물하기 위해 놀의 꼬리를 구매하고 있습니다. 그에게 놀의 꼬리 50개를 가져다주십시오.]

[성공할 경우 : 30실버, 톰과의 친밀도 상승, 명성 5 상승]

"괜찮네."

놀의 꼬리는 궁수나 도적 계열의 플레이어들이 선호하는 놀의 털 갑옷 세트를 제작하는 데 꼭 필요한 재료 아이템 중 하나였다. 그런 주제에 드랍 확률은 더럽게 낮아서 경매장에 팔면 개당 1실버는 받을 수 있는 재료 아이템이었다.

단순히 계산기만 두드려도 알 수 있는 엄청난 적자 퀘스트!

그것이 이 퀘스트가 유저들에게 버림을 받은 가장 큰 이유였다.

'하지만 그렇기 때문에 나에게는 딱이지.'

카이는 미소를 지으며 종이를 품속에 넣고 잡화상점으로 향했다.

"아, 어서 오세요!"

15세 정도로 보이는 소녀가 카이를 반갑게 맞아줬다.

"톰 아저씨는 안 계시니?"

"아빠는 뒤에 창고 정리하러 가셨어요. 불러드릴까요?"

"그래."

잠시 후 딸의 손에 이끌린 톰이 카이 앞에 도착했다.

"오, 카이잖나. 나를 찾았다고?"

"네, 이걸 보고 찾아왔습니다."

카이가 품속에서 퀘스트 전단지를 꺼내자, 톰이 사색이 된 얼굴로 딸의 눈을 가렸다.

"응? 아빠 뭐해?"

"너, 넌 보면 안 된다. 자네는 잠깐 날 따라오게."

순식간에 카이의 손목을 붙잡은 톰은 창고로 들어갔다.

"후우, 후우. 들킬 뻔했군."

"그러고 보니 딸을 위해 겨울옷을 만든다고 하셨죠?"

"맞네. 깜짝 선물을 주려고 했지. 하지만 그 의뢰 전단지를 붙인 지 두 달이 지나도 아무도 찾아오지 않아서 슬슬 포기해야 하는가 싶었는데……."

"후후, 짜잔!"

카이는 인벤토리에서 놀의 꼬리를 50개 꺼냈다. 200개를 모아 방한복을 만들려고 모아두고 있었지만, 지금은 퀘스트가 더 중요하니 아낌없이 꺼낸 것이다.

"자, 자네!"

톰이 감격한 얼굴로 카이를 부둥켜안았다.

"고맙네, 사실 의뢰를 하면서도 큰 기대를 하지는 않았던 것이 사실이네만…… 정말 고마워!"

"별말씀을요."

카이가 쑥스러운 표정으로 뒷머리를 긁적이며 대꾸했다.

"아, 이럴 것이 아니지. 기다리게, 지금 당장 돈을 주겠네."

"예? 아뇨, 괜찮습니다!"

카이가 화들짝 놀라 소리쳤다. 선행 스탯은 NPC에게 선행을 베풀었을 때 오른다고 쓰여 있었다. 하지만 퀘스트를 수행하여 보상을 받는 것도 과연 시스템상 선행으로 인정이 되는 걸까? 그건 단순하게 의뢰를 수행한 것이 아닐까? 라는 생각이 들었던 탓이었다.

"아닐세. 정말 고마워서 자네를 빈손으로 보내면 안 될 것 같네."

톰은 결국 우기듯이 카이의 손에 37실버를 쥐어줬다.

"저…… 7실버를 더 주셨습니다만."

"너무 고마워서 조금 더 넣었네. 어른이 주면 그냥 받게나. 껄껄!"

껄껄 웃은 톰은 한 아름 들고 있는 놀의 꼬리를 흐뭇한 표정으로 쳐다봤다.

'저렇게나 기뻐하는구나.'

그 모습을 지켜보던 카이의 입가에도 흐뭇한 미소가 지어졌다.

그 순간 메시지창이 떠올랐다.

[NPC 톰에게 선행을 베풀었습니다.]

[선행 스탯이 1 상승합니다.]

[태양교의 가르침을 행했습니다. 공헌도가 증가합니다.]

'오, 올랐다!'

카이가 휘둥그레진 눈으로 메시지창을 멀뚱멀뚱 쳐다봤다.

'아무리 퀘스트라고 해도 당사자가 고맙게 받아들이면 그게 선행으로 인정되는 건가?'

그렇다면 퀘스트를 수행하면 보상과 선행 스탯을 모두 받을 수 있다는 소리 아닌가. 카이의 머리가 빠르게 굴러갔다.

'아까 얼핏 뒤져봤을 때, 분명 아무도 받아가지 않은 퀘스트들이 제법 쌓여 있었어.'

그 퀘스트들은 모두 보상은 볼품없으면서도 노력만 죽도록 해야 하는 퀘스트들이었다.

믿고 거르는 퀘스트라 소문이 난 것들!

카이의 눈이 반짝였다.

'이러고 있을 때가 아니야.'

톰에게 황급히 인사를 건넨 카이는 마을의 으슥한 골목길로 들어갔다.

"후우, 후우."

긴장 때문인지 침이 꿀꺽 넘어갔다. 카이는 천천히 입을 열었다.

"칭호 장착, 신의 대리자."

띠링!

[신의 대리자는 태양신의 거룩한 뜻을 지상에서 대리하는 중요한 역할을 부여받은 자입니다. 숭고한 일을 대리하는 자는 항상 바른 몸, 바른 생각, 바른 마음가짐을 지녀야 합니다.]

　　[선행 스탯은 총 1입니다.]

　　[모든 스탯이 1 상승합니다.]

　　"스, 스탯창! 스탯창을 보자!"

[카이]

[직업 : 태양의 사제]

[레벨 : 46]

[칭호 : 신의 대리자]

[생명력 : 9,200]

[신성력 : 17,700]

[능력치]

힘 : 22 / 체력 : 92

지능 : 22 / 민첩 : 22

신성 : 177 / 선행 : 1

"진짜 적용됐어."

선행 스탯의 수치만큼 추가로 증가한 능력치들을 보던 카이의 두 눈동자가 잘게 떨렸다.

'곤경에 빠진 NPC를 도와주면 선행 스탯 하나가 오른다.'

즉, 퀘스트 하나당 모든 스탯이 하나씩 오른다는 소리였다. 카이는 잔뜩 흥분된 머리를 차갑게 식히며 계산을 시작했다.

"현재 내 레벨은 46이지만 스탯의 합만 따지고 보면……."

무려 56레벨의 캐릭터와 필적하는 능력치를 지니고 있다.

물론 저 계산은 단순히 모든 스탯을 합산한 수치만 봤을 때의 이야기다.

만약 자신이 정말로 56레벨까지 캐릭터를 육성했다면, 힘이나 민첩, 지능 등에는 스탯을 투자하지 않고 몽땅 체력과 신성만 올렸을 터였다. 하지만 그렇다고 손해는 아니었다.

힘과 민첩, 지능도 그 몫을 톡톡히 해내는 스탯이었기 때문이다.

'이거 혹시 나중에 선행 스탯이 200, 300을 넘어가면…….'

그야말로 이 세상에 둘도 없는 만능 캐릭터의 탄생이다.

'기대되는데.'

입 쇼리를 말아올린 카이가 봄을 돌렸다.

'이러고 있을 시간이 없어.'

그는 무엇에 홀리기라도 한 듯 퀘스트 게시판으로 달려갔다. 누군가 먼저 채가기 전에, 퀘스트를 몽땅 독차지할 생각이었다.

'호구는 무슨.'

퀘스트를 완료한 카이는 자신을 비웃고 떠나간 유저들을 보며 미소를 지었다. 마음 같아서는 그들에게 자신의 스탯창을 보여주고 싶은 심정이었다.

[카이]

[직업 : 태양의 사제]

[레벨 : 46]

[칭호 : 신의 대리자]

[생명력 : 10,300]

[신성력 : 18,800]

[능력치]

힘 : 33 / 체력 : 103

지능 : 33 / 민첩 : 33

신성 : 188 / 선행 : 12

게임 시간으로 이틀 동안 NPC들을 도와주고 다닌 결과, 선행 스탯은 12가 되어 있었다.

스탯창만 봐도 배가 부른 기분!

'너무 열심히 뛰어다녔나. 좀 피곤하네.'

생각해 보니 현실 시간으로 17시간이나 흘렀다. 현실과 3배의 시차를 지닌 게임에서는 벌써 51시간이 흐른 상태였다.

피로를 느낀 카이는 광장의 분수대에 걸터앉아 게임을 종료했다. 헤드기어를 벗고, 캡슐에서 빠져나온 카이는 시간을 확인했다. 오후 6시였다.

'자기 전에 간단하게 뭐라도 먹자.'

방문을 열고 거실로 나가자, 부모님은 아직 퇴근 전이신지 집 안이 휑했다.

회사를 다니는 누나도 한창 프로젝트를 진행 중이라 야근 중인지 집안에는 혼자뿐이었다.

"쩝⋯⋯."

미리를 긁적이며 라면 하나를 끓여 먹은 한정우는 곧장 침대에 누웠다.

'잠이 안 와.'

잠이 들면 모든 것이 신기루처럼 사라질까 봐, 안개처럼 흩어질까 두려웠다. 당장에라도 게임에 접속해서 자신의 직업과 칭호가 그대로인지 확인하고 싶었다.

하지만 한정우는 고개를 저으며 눈을 감았다.

'나도 참, 이런 생각을 하면 게임 폐인이라도 된 것 같잖아.'

게임 폐인 맞다. 밥 먹고 자는 시간 빼고 게임만 하는데 그게 폐인이 아니면 대체 뭔지! 누가 봐도 게임 폐인이 맞다.

한참이나 뒤척이던 한정우는 피로 때문인지 결국 깊은 수마에 빠져들었다.

그 날은 근 몇 년 안에 가장 편안하게 잠이 든 날이었다.

눈을 뜬 한정우는 즉시 화장실로 달려갔다.

어푸어푸, 치카치카!

"역시 아침은 이렇게 상쾌하게 시작해야 제맛이지."

올바른 게이머는 항상 아침을 깨끗하게 맞이해야 한다는 것이 평소 한정우의 지론이었다.

상쾌한 기분으로 슬쩍 쳐다본 시계는 새벽 1시를 가리키고 있었고, 창밖의 달은 자신을 한심하게 비춰보고 있는 듯했지만, 상관없었다.

'이게 진정한 얼리 버드지. 남들보다 일찍 일어나는 새가 벌레를 더 많이 잡아먹는 법!'

오늘도 새벽부터 행복 회로를 무사히 돌린 한정우는 가볍게 시리얼을 먹고 설거지를 했다. 평소에는 하기 싫던 설거지였지만, 오늘은 그마저도 즐거웠다.

"역시 사람은 직업이 중요해. 의사, 변호사, 검사가 된 이들도 이런 기분이겠지?"

"꼭두새벽에 혼자 뭐라고 중얼거리는 거야."

뒤쪽에서 한지혜의 목소리가 들려왔다.

"어, 누나 지금 일어난 거야?"

"내가 너냐? 이 시간에 일어나게."

자세히 살펴보니 냉수를 들이키는 그녀의 안색이 조금 안좋아 보였다.

"아…… 혹시 오늘 그날인가? 달마다 찾아온다는 마법의…… 커억!"

짧게 끊어친 한지혜의 주먹이 정우의 갈비뼈를 두드렸다.

그녀를 태권도 학원에 보냈던 어머니가 봤다면 손뼉을 치면서 감탄했을 정도의 깔끔한 주먹!

"동생아, 누나는 우리 동생이 오래 살았으면 좋겠거든. 협조 좀 해주라?"

한정우는 자신을 살벌하게 노려보는 누나에게 당당하게 말했다.

"네, 협조해 드리겠습니다!"

"바람직한 선택이야. 다시는 그러지 말렴."

신음을 흘리며 자리에서 일어난 한정우는 잔뜩 찡그린 얼굴로 제 옆구리를 문질렀다.

"그런데 안색은 왜 그렇게 안 좋아? 무슨 일 있어?"

"일은 무슨 일, 어제 회식이라서 밤새 달렸더니 속이 안 좋은 것뿐이야."

"아하, 그럼 냉수 먹고 속 차리길. 나는 이만."

그대로 누나를 지나치려 했지만, 그녀의 손이 한정우의 셔츠 뒤를 붙잡고 놓아주지 않았다.

"우리 동생님, 또 게임 하러 가니?"

"어? 으응."

"후우……."

등 뒤에서 누나의 묵직한 한숨이 들렸고, 셔츠를 붙잡고 있던 손아귀의 힘이 빠져나갔다.

"너 휴학 2년째야. 알지?"

"벌써 그렇게 됐나?"

"……."

짜게 식은 눈으로 자신의 동생을 바라보던 한지혜가 고개를 저었다.

"우리 동생이 어쩌다가 이렇게 노답이 됐지? 어렸을 땐 안 이랬는데……."

"누나, 조금만 기다려 봐. 지금 내 인생에서 최고의 기회가 온 것 같거든."

"내가 알기로 그 대사는 주로 마카오나 라스베이거스, 강원랜드에서 나오는 대사인데?"

"아, 그런 게 아니라니까."

한지혜는 알 듯 말 듯한 미소를 짓는 동생을 보며 고개를 갸웃거렸다.

[NPC 슈델에게 선행을 베풀었습니다.]

[선행 스탯이 1 상승합니다.]

[모든 스탯이 1 상승합니다.]

[태양교의 이로운 가르침을 행하셨습니다. 공헌도가 증가합니다.]

"후 이걸로 선행 스탯도 18개."

이번을 마지막으로 프리카 마을에서 곤경에 처한 NPC들은 모두 도와줬다.

이후로도 몇 시간 동안 퀘스트 게시판을 기웃거렸지만, 더이상 수행할만한 퀘스트는 찾아볼 수 없었다.

'좀 더 고레벨 지역으로 떠나야 하나?'

하지만 레벨이 참 애매했다. 능력치만 보면 50대 후반의 플레이어와도 맞먹지만, 레벨은 여전히 46이었으니까.

'아마 고레벨 지역에 가도 파티에 끼워주지 않겠지.'

물론 자신이 전직한 신화 등급의 직업을 공개하면 모든 고민이 사라질 것이다. 하지만 직업을 공개를 함으로써 얻게 되는 득보다는 실이 많아 보였다.

'그럼 결국 또 놀 사냥이네.'

카이는 39레벨부터 46레벨까지 놀만 사냥했다.

'이제 놀 그림자만 봐도 질리지만…… 어쩔 수 없지.'

카이는 광장으로 향했다. 그곳은 항상 파티를 구하는 사람들로 넘쳐났기에, 마음에 드는 파티를 찾는 건 크게 어렵지 않았다.

"45레벨 이상, 붉은 놀의 초원으로 사냥 가실 분! 사제만 구하면 바로 출발합니다."

겨우 마음에 드는 파티를 찾은 카이는 그들에게 천천히 다가갔다.

그때, 누군가가 그의 앞을 막아섰다.

키가 카이의 가슴 높이밖에 안 되는, 새하얀 머리와 수염을 길게 기른 노인이었다.

"카이, 잠깐 대화할 수 있겠나."

"분터 촌장님, 무슨 일이세요?"

"집에 가서 긴히 할 이야기가 있네."

"좋습니다."

사냥에 대한 미련을 버린 카이가 냉큼 대답했다.

분터의 말에서는 강렬한 퀘스트의 향기가 났으니까.

"그럼 따라오게나."

촌장은 곧장 카이를 데리고 자신의 집으로 이동했다. 아늑한 시골 분위기가 느껴지는 벽돌집이었다.

그는 직접 차를 내오더니 자리에 앉으며 입을 열었다.

"자네가 요즘 곤경에 처한 마을 주민들을 많이 도와줬다는 이야기를 들었네."

분터가 흐뭇하게 웃으며 카이의 손을 잡았다. 주름이 빼곡히 들어차 있는 쭈글쭈글한 손이었지만, 따뜻했다.

"지금 이 마을에 자네보다 강력한 모험가는 있지만, 자네만큼 신뢰가 가는 모험가는 없네. 마을 주민들을 그렇게 위해준다는 건 그만큼 마음씨가 착하다는 소리일 테니까."

"좋게 봐주셔서 감사합니다."

"그간의 행실이 확실하게 증명하고 있으니 좋게 볼 수밖에 없지."

훈훈한 분위기에서 대화가 오갔다.

"그래서 저를 부르신 이유는 뭔가요?"

"험험."

본론으로 들어가자, 분터는 잠시 목소리를 가다듬더니 조용히 속삭였다.

"사실 지금 이 마을은 아주 큰 위기에 봉착해 있네. 나는 이를 해결해 줄 모험가를 여태까지 기다리고 있었지……."

"위기요?"

카이가 고개를 갸웃거렸다. 아무리 생각해도 프리카는 위기라는 단어가 어울리지 않는 시골이었으니까.

"그렇네, 위기. 자네는 이 마을 인근에서 가장 강한 몬스터가 뭐라고 생각하는가?"

"그야 당연히 붉은 놀 치프지요. 항상 부하들을 이끌고 다니는 필드 보스 몬스터니까요."

"많은 모험가가 그렇게 생각을 하더군. 하지만 그건 잘못된 생각일세."

탄식이 섞인 한숨을 토해낸 분터는 수염을 바르르 떨며 입을 열었다.

"인근을 지배하는 몬스터는 고작 놀 따위가 아닐세. 산맥을 지배하며 왕 노릇을 하는 아주 고약한 녀석이 하나 따로 있지."

"그런 녀석이 있습니까?"

커뮤니티에서도 본 적이 없는 정보다.

카이가 침을 꿀꺽 삼키며 귀를 기울이자, 분터가 더 없이 진중한 표정으로 말을 이었다.

"이 산맥의 진정한 주인은, 다름 아닌 웜 리자드일세."

+ 3장 +
혼자서도 잘해요

"웜 리자드요……?"

카이가 놀란 표정으로 중얼거렸다.

'이건 내가 헬릭의 시험에서 겪었던 상황이랑 똑같잖아?'

물론 우연의 일치일 것이다. 그곳은 시험을 치루기 위해 만들어진 독립적인 공간이었으니까.

"사실 웜 리자드 토벌은 왕실에도 몇 번이나 지원 요청을 해봤지만…… 안 그래도 요즘 대륙 곳곳의 몬스터들이 갑자기 흉포해진 실정이네. 이런 시골에는 쉽게 지원을 해주지 않지."

"하지만 웜 리자드는 기사 한 명만 와도 말끔히 정리가 될 텐데요?"

"그 한 명의 기사조차 아깝다는 뜻 아니겠나."

분터가 씁쓸한 웃음을 흘리며 중얼거렸다.

"한 달 정도를 기다리면 지원을 해주겠다는 통보를 받긴 했지만…… 한 달이면 웜 리자드가 마을을 쑥대밭으로 만들기에 충분한 시간일세. 그러니 이렇게 부탁하지. 자네가 우리를 도와주지 않겠는가?"

"그전에 하나 여쭙고 싶은 게 있습니다."

카이는 참아왔던 궁금증을 입에 담았다.

"웜 리자드가 정말 마을 근방에 있다면, 마을은 어떻게 지금까지 무사했던 겁니까? 웜 리자드는 육식 몬스터. 진작 마을을 습격했어도 이상할 게 없습니다만."

"다행스럽게도 여태까지는 놀을 주식으로 삼고 있었네. 하지만 녀석이 자리 잡은 산맥의 놀도 씨가 말랐어. 이제 새로운 먹잇감이 많은 곳으로 이동을 하겠지."

"그게 프리카 마을이군요."

촌장이 천천히 고개를 끄덕였다.

"맞네. 그러니 모험가인 자네에게 부탁을 하나 하지. 제발 마을을 구해주게! 노련한 사냥꾼들의 계산으로는 녀석이 마을까지 오는 데 3주 정도의 시간이 남았다고 하네."

띠링!

[마을의 위기]

[난이도 : C+]

[붉은 노을 산의 진정한 주인은 붉은 놀 치프가 아니었습니다. 녀석은 웜 리자드에게 제물을 바치며 목숨을 연명하는 앞잡이에 불과했습니다. 3주 안에 산맥의 진정한 주인을 처치하고 프리카 마을에 평화를 가져다주십시오.]

[퀘스트 발생 조건 : 마을 평판 순위 1위]

[성공할 경우 : 프리카의 영웅 칭호, 마을의 모든 시설 무료이용 권, 경험치 상승, 10골드]

[실패할 경우 : 프리카 마을의 평판 하락, 명성 하락, 경험치 하락]

새롭게 떠오른 퀘스트창을 읽던 카이가 눈을 깜빡였다.

'10골드면…… 현금으로 100만 원!'

게다가 더 대박인 건 마을의 모든 유료시설을 무료로 이용할 수 있다는 것이었다. 장비의 내구도를 수리하기 위한 대장간은 물론이고, 포션을 구매하는 잡화점이나 무기점, 여관과 식당까지 모두 공짜라는 소리였다.

'어머, 이건 꼭 사야…… 아니, 수락해야 돼!'

46레벨인 자신이 어떻게 65레벨짜리 필드 보스를 잡아야 할지 감조차 잡히지 않지만, 지름신이 귓가에다 속삭이는 듯했다.

-이건…… 지르거라…….

카이는 자리에서 벌떡 일어나 분터의 손을 붙잡았다.

"저에게 맡겨 주십시오!"

"저, 정말인가?"

"물론이지요. 제가 놈을 처치하겠습니다."

"오오오, 고맙네! 부디 사악한 웜 리자드를 처치해 주게."

띠링!

[퀘스트를 수락했습니다.]

걱정스러운 눈길을 보내는 분터를 뒤로한 카이는 곧장 밖으로 나와 장비부터 점검했다.

'선행 스탯으로 모든 스탯이 증가했지만, 그래도 65레벨 몬스터를 나 혼자서 잡는 건 무리야.'

사제는 공격적인 직업이 아니다. 물론 성스러운 방어막과 같은 보호 스킬 덕분에 생존력은 그럭저럭 뛰어난 편이지만, 적을 죽일 수 있는 공격 스킬이 없다.

'공격적인 신성 마법을 위주로 육성하는 전투 사제가 있기는 하지만……'

전형적인 지원형 사제의 스킬을 찍어온 카이와는 상관없는 이야기다.

물론 지금이라도 스킬을 배울 수는 있지만, 숙련도도 낮을 뿐더러 무엇보다 돈이 많이 들 것이다.

"일단 시간제한은 3주."

시간은 이 정도면 충분했다.

'이 기간 동안 최대한 레벨을 끌어올리고, 그 뒤에 웜 리자드를 처치하면 돼.'

곧장 광장으로 이동한 카이는 적당한 파티를 물색했다.

"드디어 찾았다!"

그때, 한 무리의 사람들이 카이를 향해 다가왔다

"당신들은……."

그들은 바로 지르칸에게 죽임을 당했던 파티원들이었다. 특히 선두에 서 있는 탱커는 얼굴이 종잇장처럼 일그러진 상태였다.

'저렇게 인상 쓰니까 엄청 못생기셨네.'

투구를 쓴 모습만 봤기 때문에 얼굴을 보는 건 이번이 처음이었다.

'굳이 닮은꼴을 찾자면……. 불독을 닮았나?'

그의 얼굴을 관찰하던 카이가 고개를 갸웃거리며 물었다.

"다들 부활하셨군요."

"부활하셨군요? 하셨군요? 네, 했습니다. 이 새끼야!"

당장에라도 주먹을 휘두르려는 탱커를, 마법사와 궁수가 가까스로 말렸다.

"저분은 왜 저러십니까?"

"그게……."

"왜 이러냐고? 내가 왜 이러냐고, 이걸 보고도 내가 왜 화가 났는지 모르겠냐!"

탱커가 손가락으로 자신의 얼굴을 가리키며 소리쳤다.

그 모습을 본 카이는 고개를 갸웃거렸다.

"그렇게 생기신 건 제 탓이 아닙니다만."

"물론 그건 네 탓이 아니지만…… 아니, 잠깐만, 근데 이 새끼가?"

다시 한번 발광을 하려는 탱커를 궁수가 간신히 설득했고, 마법사가 한숨을 내쉬며 말했다.

"그는 죽을 때 레어 투구를 드랍했습니다. 13골드 정도 하는 아이템이라 꼭 되찾아야 한다고 하더군요."

"아, 장비 드랍……."

카이가 알 것 같다는 표정으로 고개를 끄덕였다.

13골드라면 현금으로도 130만 원이 넘는 돈이다.

그 정도 값어치의 장비를 떨어뜨렸다면 누구라도 미칠 것이 분명했다.

"물론 저희도 볼일이 있습니다. 제 신발과 저쪽 궁수의 장갑도 드랍 되었거든요. 저희의 물건도 각각 10골드가 넘어가는 고가의 레어 아이템 입니다."

그 말에 카이는 물끄러미 그들의 장비를 훑었다.

'그러고 보니…… 이 녀석들은 장비 수준이 하나같이 높네.'

재수가 없으면 사망 시 착용하고 있는 아이템을 하나 떨어뜨리게 된다. 세 사람 모두 재수가 없어서 레어 아이템을 드랍한 것 같았다. 하지만 아직 카이의 의문은 모두 해소되지 않았다.

"근데 그걸 왜 저한테 따집니까? 죽은 장소에 가보세요."

스윽.

마법사가 쓰고 있던 모자를 살짝 들어 올리며 말했다.

"이미 가봤습니다만, 투명한 벽에 막혀 있어서 들어갈 수가 없더군요."

"아, 그러고 보니……."

"그래서 당신을 찾아온 겁니다."

마법사가 부드럽게 말했다.

"플레이어가 죽으면 마지막으로 저장한 마을의 여관이나 신전에서 부활을 하게 되지요. 그리고 당신도 저희와 같이 '나그네의 쉼터'에 부활 지점을 저장했죠?"

"그랬죠."

"하지만 당신은 죽지 않았습니다. 발뺌할 생각은 하지 마십시오. 이미 신전까지 가서 확인하고 오는 길이니까."

"예, 전 안 죽었습니다만."

카이의 대답에 마법사가 환하게 웃으며 손을 내밀었다.

"다행이군요. 안 죽으셨다면 저희가 드랍한 장비도 주우셨겠지요? 파티원의 장비를 챙겨주는 건 기본적인 매너니까요. 아! 물론 수리비까지 요구하지는 않겠습니다. 장비만 돌려주시지요."

"미안하지만 전 그 아이템들을 줍기는커녕 본 적도 없습니다. 그럴 정신도 없었고."

"저것 봐! 저렇게 오리발 내밀거 같다고 했지?"

뒤에서 탱커가 으르렁거렸고, 궁수와 마법사도 이번만큼은 막지 않았다.

순식간에 앞으로 튀어나온 탱커가 카이의 어깨를 밀쳤다.

"지금 우리더러 그 말을 믿으란 거냐?"

"인벤토리 스크린샷이라도 보여줄까요?"

"헛소리, 그런 건 얼마든지 조작할 수 있어!"

"그런 치졸한 짓은 안 합니다."

카이가 한숨을 내쉬며 대답하자, 탱커가 으르렁거렸다.

"아무튼 우리가 장비를 잃은 것만은 사실이지."

"그래서 뭐 어쩌자는 겁니까?"

슬슬 피곤해지기 시작한 카이가 물었다.

이에 탱커는 이빨을 드러내며 히죽 웃었다.

"장비는 우리 식대로 받아낼 테니, 네가 그곳에 가서 주워오

98 일통령 1
태양의 사제

든, 아니면 새로 구입해서 갖다바치든 해라."

"무슨 그런 억지가……!"

"같이 파티 사냥까지 했으면서, 우리가 누구인지는 잘 모르나보지?"

탱커가 자신의 가슴팍에 그려진 엠블렘을 툭툭 두드리며 말했다.

"네놈은 지금 이 순간부터 우리 붉은 노을. 프리카 최고의 길드에게 찍혔다. 각오하는 게 좋을 거야."

그는 마지막으로 목청을 높여 광장의 모든 유저들에게 소리쳤다.

"잘 들어라! 저놈과 파티를 하다가 사이좋게 죽고 싶으면 마음껏 파티를 해봐. 내 형님이 붉은 노을의 마스터인 건 알고 있겠지?"

'젠장, 제대로 걸렸네.'

카이가 인상을 찡그렸다. 붉은 노을이라면 카이도 이름 정도는 들어본 길드였으니까.

"기대해도 좋아."

탱커는 재수 없는 미소를 남기고는 일행을 데리고 광장을 떠났다.

"붉은 노을 길드라……."

카이는 스스로에게 떳떳했다.

그들의 장비를 줍기는커녕 본 적도 없었으니까.

'하지만 세상 사람들은 권력자의 말에만 귀를 기울이지.'

그리고 그것은 게임에서도 마찬가지였다.

띠링!

[파티 가입이 거절되셨습니다.]

[파티 가입이 거절되셨······.]

유저들은 괜히 불똥이라도 튈까 봐 카이와의 파티를 꺼렸다. 그 상황에서 카이가 할 수 있는 것은 단 하나 솔플뿐이었다.

"후우, 사제가 솔플이라니······."

하지만 애석하게도 그것만이 유일한 해결책이었다.

신성력과 체력에만 치우쳐져 있는 지원형 사제의 스탯은 아군을 지원할 때는 누구보다 강력한 힘을 자랑하지만, 혼자서는 아무것도 할 수 없다는 단점이 있다.

마을을 나온 카이는 길가의 나무에 주저앉아 계산을 시작했다.

'그나마 내가 혼자서 잡을 수 있는 몬스터는 그레이 놀 정도인가.'

많은 경험치를 주는 붉은 놀을 잡다가 그레이 놀을 잡으려니, 입에 대본 적도 없는 담배가 땡기는 기분이었다.

"붉은 노을 길드, 이런 식으로 갑질을 한다 이거지."

사실 미드 온라인에 그들 같은 길드는 제법 흔한 편이었다. 안타까운 것은 카이처럼 힘없는 일반 유저가 대항할 수단이 없다는 점이었다.

'꼬우면 레벨을 올리라 이거지.'

다시 한번 한숨을 내쉰 카이는 현실적인 문제로 돌아왔다.

'38레벨의 그레이 놀은 경험치를 많이 주지 않는데.'

하지만 방법이 없는 것을 어쩌겠는가.

"뭐, 그래도 새로운 스킬이 있으니 어찌 되겠지."

카이는 새로운 스킬이 사냥에 유용하기를 간절히 빌었다.

'그래도 명색이 신화 등급 직업의 스킬인데 쓸만하지 않겠어?'

불안함에 목이 타는 갈증을 느낀 카이는 물을 마시며 그레이 놀의 구역으로 들어섰다. 인기가 없는 사냥터라 그런지 다른 유저의 모습은 보이지도 않았다.

"어디 보자……."

스킬들의 설명을 읽어보니 홀리 익스플로젼이 공격 스킬이었다.

'좋아, 너로 정했다.'

때마침 그레이 놀 한 마리가 어슬렁거리며 앞을 지나가고 있었다.

'캐스팅 시간은 2초.'

1초, 2초, 캐스팅을 마친 카이는 손가락을 권총처럼 만들어 녀석을 겨누었다.

"홀리 익스플로젼!"

콰아아아앙!

스킬이 시전되자 굉음과 함께 백색의 광선이 뿜어져 나왔다.

"뭐, 뭐야."

카이는 스킬이 생각보다 훨씬 강력한 파괴력을 보이자 깜짝 놀랐다.

잠시 시간이 지나고 정신을 차렸지만, 그때는 이미 그레이 놀의 모습이 보이지 않았다.

"이런, 도망쳤나?"

카이가 주변을 두리번거리며 그레이 놀을 찾고 있을 때, 메시지창이 떠올랐다.

[경험치 420을 획득합니다.]

"……."

눈을 가늘게 뜬 카이가 메시지창을 다시 한번 읽었다.

"경험치가 갑자기 왜…… 설마?"

카이는 믿을 수 없다는 표정으로 그레이 놀이 있던 장소로 다가갔다.

그곳에는 놀의 가죽 하나만이 덩그러니 놓여 있었다.

카이의 머리가 빠르게 돌아갔다.

'설마 원 킬이 떴다고?'

원 킬(One Kill).

공격 한 번에 몬스터를 처치하는 행위로, 장비의 품질이나 스킬 숙련도가 매우 높은 유저만이 할 수 있는 행위였다.

'하지만 홀리 익스플로젼은 숙련도가 아직 0이었는데……'

이 상황이 믿기지 않은 카이는 고개를 갸웃거렸다.

'혹시 누가 잡던 건가?'

그런 생각이 들 수밖에 없었다.

사제 스킬 주제에 이렇게 공격력이 강할 리는 없으니까.

그렇게 결론을 내린 카이는 다른 그레이 놀들을 상대로 스킬의 능력을 시험했다.

[경험치 427을 획득합니다.]

[경험치 418을 획득합니다.]

쏘는 족족 사망…… 아니, 아예 존재 자체가 삭제되는 그레이 놀들!

카이는 꼬박 열 마리의 놀들을 삭제시키고 나서야 현실을 받아들였다.

'이건 착오 따위가 아니야.'

그저 스킬의 대미지가 말도 안 되게 높은 것뿐이었다.

"잠깐, 이 스킬이 있으면……."

굳이 그레이 놀을 잡고 있을 이유가 없었다.

"여기는 오늘도 사람이 많네."

드넓은 초원에는 수많은 파티가 붉은 놀을 몰이사냥하고 있었다.

'좀 후미진 곳으로 가야겠다.'

스킬을 다른 이들이 보면 화제가 될 것이 분명했다. 괜한 소란에 엮이는 일은 질색이었기에 카이는 후미진 곳으로 이동했다.

'누나 말처럼 인생은 가늘고 길게 가는 거지.'

구석으로, 구석으로, 초원의 구석으로 계속해서 걸어가자,

초원과 숲이 만나는 경계 부분에 도착했다.

"흠, 그런데 아직도 보인단 말이지."

고개를 슬쩍 돌려보니 아직도 유저들이 보였다. 그 말은 저들에게도 자신이 보인다는 뜻이었다.

'초원에서는 사냥을 못 하겠어.'

사방이 탁 트인 이곳에서는 아무리 구석진 장소라도 누군가의 눈에 띄게 마련!

결국 카이는 숲으로 들어갔다.

'여기가 좋겠어.'

숲으로 들어와 유저들과 거리가 멀어지자 주변이 고요해졌다.

귓가에 들리는 소리라고는 새의 지저귐과 이따금씩 흔들리는 수풀의 소리뿐이었다. 적막감이 감도는 이곳에서라면, 스킬을 마음껏 사용해도 괜찮을 것이다.

"자, 그럼 우선……."

스킬창을 열어 설명을 읽어보던 카이는 스킬을 사용했다.

"태양의 갑옷, 태양의 축복."

자신의 전신을 성스러운 기운이 감싸기 시작했고, 들고 있던 메이스가 하얗게 빛났다.

"겉보기에는 일반 사제의 스킬과 다를 게 없는데."

색깔만 바뀌었다. 진짜로 색깔만 조금 더 멋있게 바뀐 것이 겉으로 보이는 유일한 차이였다.

'하지만 중요한 건 실질적인 성능이지.'

카이는 곧장 수풀에서 고개를 쏙 내밀어 그 너머를 바라봤다.

'있다. 두 마리.'

붉은 놀 두 마리가 쿵쿵거리며 무언가의 냄새를 맡고 있었다.

"크르르륵!"

한 마리가 무슨 냄새를 맡은 듯 고개를 바닥에 처박은 채 카이 쪽으로 엉금엉금 기어왔다.

'온다.'

카이는 침을 꿀꺽 삼켰다.

이번에는 홀리 익스 플로전을 사용하지 않을 생각이었다. 태양의 축복과 태양의 갑옷이 지닌 효과를 확인하고 싶었기 때문이다.

'하지만 그게 가만히 얻어맞고 있겠다는 소리는 아니거든.'

예로부터 모든 전투에서 중요한 건 단 하나였다.

"그것이 바로 선수필승!"

순식간에 수풀에서 뛰쳐나간 카이의 메이스가 붉은 놀의 정수리를 그대로 내리찍었다.

"깨갱!"

단번에 20%나 줄어드는 붉은 놀의 체력!

카이의 힘 스탯이 고작 30대인 걸 생각하면, 정말 말도 안 되는 공격력이었다.

'대체 태양의 축복은 공격력 증가가 얼마나 되는 거야?'

기쁨의 미소가 사라지기도 전, 이번에는 태양의 갑옷을 시험할 차례가 왔다.

"컹컹!"

"크엉, 크엉!"

분노한 붉은 놀들이 입에 가득 머금은 침을 날카로운 이빨 사이로 뚝뚝 흘리며 달려든 것이다.

물리면 그 즉시 광견병에 걸릴 것 같은 흉폭한 비쥬얼!

두려움에 눈을 질끈 감은 카이는 양팔을 벌렸다.

"와라!"

콱, 푸욱, 콰악!

붉은 놀들이 손에 든 단검과 날카로운 이빨로 연신 카이를 공격했다.

[510의 대미지를 입었습니다.]

[502의 대미지를 입었습니다.]

[521의 대미지를 입었…….]

"크르륵?"

"크엉? 크엉!"

연약해 보이던 인간의 몸이 예상외로 튼튼하자, 오히려 붉은 놀들이 당황하며 뒤로 물러났다.

"으음?"

그 사이 슬며시 실눈을 뜬 카이가 자신의 생명력을 확인했다.

'뭐, 뭐야.'

동공이 확 커졌다.

예로부터 마법사와 사제는 모든 게임을 통틀어 최악의 방어력을 자랑하는 클래스들이다. 이전의 경험으로 볼 때 카이는 붉은 놀의 단검을 열 번 정도 맞으면 죽는다. 하지만 태양의 갑옷 덕분인지, 체력은 무려 40%나 남아 있었다.

'대미지 감소, 끝내준다.'

심지어 태양의 갑옷은 대미지를 막아주는 방어막을 생성하는 스킬이 아니다. 어디까지나 물리 방어력과 마법 방어력을 높여주는 버프 스킬이었다. 그 말은 성스러운 방어막과 중첩해서 사용할 수도 있다는 소리였다.

'스킬들이 하나같이 사기적이야.'

카이가 만족스러운 미소를 짓고 있을 때, 붉은 놀들이 땅을 박차고 쇄도했다.

"크러렁!"

"크라랑!"

"이제 그만 좀 짖어. 홀리 익스플로젼!"

1초, 2초. 콰아앙!

그레이 놀도 한 방, 붉은 놀도 한 방.

그야말로 죽창이라 불려도 손색없는 스킬!

'기분 끝내주는데?'

마치 최고의 대장장이가 한계까지 제련한 아이템이라도 끼고 있는 기분이 들었다.

만약 이 상태에서 매직, 레어 아이템을 착용하게 된다면? 아니, 이 직업이라면 유니크 아이템을 풀 세트로 두르는 것도 먼 미래가 아닐지도 모른다.

'이거, 정말 사제로 솔로 플레이가 되는 건가?'

경험치, 아이템, 정보, 그 모든 것을 독식하는 솔로 플레이야말로 게이머의 로망이다.

'누구나 원하지만, 누구나 할 수는 없는 것이지.'

그 이유는 역시 미드 온라인이 자랑하는 인공지능 때문이었다. 몬스터는 멍청하기는커녕, 영악하고 똑똑했다.

그런 이들을 혼자서 상대한다는 건, 매 순간 외나무다리를 건너는 것처럼 위태로운 일이었다.

'하지만 나는 달라.'

아직 햇살의 따스함이라는 스킬은 확인해 보지 못했지만, 굳이 그 과정을 거치지 않아도 믿음이 갔다.

'이것이 신뢰로구나!'

식약청에서 1등급 판정을 받은 음식을 눈앞에 둔 것 같은 압도적인 신뢰감!

'솔플의 가능성. 오늘 사냥에서는 그것을 확인해 보자.'

카이의 눈동자가 그 어느 때보다도 밝게 빛났다.

"홀리 익스플로젼!"

쾅!

"……플로젼!"

콰아앙!

"……젼!"

콰아아아앙!

카이가 숲에 들어온 지, 네 시간. 숲은 굴착기라도 지나간 것처럼 초토화되어 있었다.

"후우."

쑥대밭이 된 숲에 주저앉은 카이는 이마에 송골송골 맺힌 땀을 닦아냈다. 얼굴을 쓰다듬는 산들바람과 흔들리며 정겨

운 소리를 내는 숲의 나뭇잎까지, 오감이 호강을 한다는 것이
바로 이런 것일까?

카이는 주변을 바라보며 크게 한탄했다.

"이것이 현대 사회가 잃어버린 자연의 풍경이지."

그건 틀렸다. 이건 단순한 학살의 현장이다.

실제로 바닥에는 셀 수 없이 많은 폴리곤 조각들이 떨어져
있었다. 그것들 모두가 한때는 붉은 놀이었음은 말할 필요도
없는 일이었다. 카이는 덧없이 죽어간 그들의 잔재를 바라보며
슬픈 목소리로 중얼거렸다.

"경험치 엄청 짜게 주네."

그럼에도 불구하고 솔플 학살의 효과는 대단했다. 카이는 불
과 두 시간 만에 경험치를 37%나 올릴 수 있었고, 결국 47레벨
을 찍었다.

"사냥이 이렇게 쉬웠나?"

지그시 눈을 감은 카이는 며칠 전까지의 파티사냥을 회상
했다. 근래에 자신과 함께 사냥을 했던 소중한 파티원들의 얼
굴이 떠올랐다.

"힐러님. 힐, 힐 좀 줘요. 저 이러다 죽어요!"

"와, 이게 맞네? 힐러님. 방어 막 스킬 좀 빨리!"

"중독, 저 중독 됐어요. 빨리 해독 좀!"

"앗, 어그로 풀렸다. 다들 도망치세요!"

주르륵.

카이의 뺨 위로 통한의 눈물 한방울이 흘러내렸다.

'새삼스럽지만, 사제란 역시 쉬운 직업이 아니야.'

그렇다.

미드 온라인에서의 사제란, 사냥하는 내내 파티원 뒷바라지만 해주는 어머니 같은 존재!

그런 주제에 레벨 올리기는 더럽게 힘들었다. 파티 사냥을 하면 기여도에 따라 경험치가 분배되기 때문이다.

'탱커나 딜러가 우수할수록 사제가 할 일은 사라지지.'

레벨을 빠르게 올리고 싶다면 좋은 파티에 참가하여 몬스터를 빠르게, 그리고 많이 잡아야 한다. 하지만 역설적으로 좋은 파티에 참가하면 사제는 할 일이 그리 많지 않다. 숙련된 탱커들은 대미지를 입지 않고, 딜러들은 빠르게 몬스터를 녹여 버리기 때문이다.

결국 사제의 기여도는 다른 이들보다 적을 수밖에 없고, 이는 레벨 업 속도의 저하로 이어진다.

"지금 생각해 보니, 이거 사제한테는 완전 쓰레기 게임 아니야?"

물론 남들보다 성장이 느리고 힘든 만큼 보상도 있다.

50레벨을 기준으로 몬스터의 공격력은 대폭 강화되었다. 과장을 조금 보태면 일반적인 유저들은 50레벨이 넘어가면 사제 없이는 사냥이 아예 불가능할 정도였다.

'사제가 물약 취급에서 벗어나 귀족의 대우를 받게 되는 순간이지.'

마의 고비라 불리는 이 구간을 넘었냐, 못 넘었느냐로 사제의 위상은 달라진다.

"이것 때문에 사제 플레이어 수가 항상 꼴찌인 거 아니야."

다른 직업에는 없는 이 고비 때문에 사제로 전직하는 유저의 수는 터무니없이 적었다. 그 어떤 게임보다 사제의 비율이 낮고, 고레벨이 될수록 사제를 보는 건 더더욱 힘들어진다.

'하지만 그 구간만 뚫으면……'

인력 시장에서 없어서 못 모셔가는 고레벨 사제가 된다!

그렇다면 일반 사제와는 비교 자체가 불가능한 태양의 사제는?

"누구도 나를 대체할 수는 없어."

그야말로 유일무이(唯一無二), 레벨이 올라감에 따라 다른 사제들과의 격차는 더욱 뚜렷해질 것이 분명했다.

+ 4장 +
놀의 무덤

"시간이 벌써 이렇게 됐나."

생전 처음 해보는 솔플에 맛이 들려 정신없이 사냥을 하다 보니 어느새 해가 떨어지고 있었다.

'솔플, 가능하겠어.'

사냥의 결과는 당연히 긍정적이었다. 사냥 속도도 빠르고, 무엇보다 스스로 회복할 수 있으니 마을에 돌아갈 필요도 없었다.

결론을 내린 카이는 자리에서 일어났다.

'이제 슬슬 몬스터가 강화될 시간인가. 마을로 돌아가자.'

해가 지면 모든 몬스터의 능력치가 30% 증가하고, 아이템 드랍률과 경험치가 20% 상승한다.

그렇기에 장비와 컨트롤에 자신이 없다면 야간 사냥은 삼가는 것이 상식이었다.

사아아아악.

"응?"

숲을 빠져나가던 카이는 기묘한 현상이 목격했다.

태양이 지고 달이 떠오르자, 처치한 붉은 놀들, 그러니까 놈들의 폴리곤 조각들에서 희미한 연기가 흘러나와 어딘가로 향하기 시작한 것이다.

'연기라고?'

게다가 하나가 아니다. 붉은 놀이 죽은 모든 장소에서 연기가 빠져나왔고, 그것들은 같은 방향으로 이동했다.

'이런 현상에 대해 들어본 기억은 없는데.'

사실 없는 게 당연했다. 미드 온라인의 유저가 아무리 많다고 해도, 시작하는 왕국과 마을은 모두 다르다.

심지어 대부분의 유저는 편의성이 뛰어난 도시에서 시작하기 때문에 이런 시골 마을에서 시작하는 이는 별로 없었다. 가장 중요한 것은, 한밤에 이렇게 깊은 숲까지 들어오는 유저가 없었다.

'그렇다면 저런 현상을 발견한 게 내가 처음일 확률이 높다?'

게임에서 처음, 최초라는 말은 곧 이익과 연결된다.

눈을 빛낸 카이는 마을로 향하던 발걸음을 돌려 연기를 뒤쫓기 시작했다.

사아아아익.

사아아악.

연기를 따라가 보니, 그것들이 모두 같은 장소를 향해 가고 있다는 것이 확실해졌다.

어느새 수많은 연기가 모여, 마치 안개의 바다가 머리 위로 흘러가는 것 같은 장엄한 광경이 펼쳐졌다.

그 흐름의 끝에선 여기저기서 모인 연기들이 숲의 깊숙한 곳의 늪 속으로 빨려 들어가고 있었다.

"흐음……?"

그 앞에 멈춰선 카이는 그 현상을 물끄러미 지켜보았다. 끈적해 보이는 늪의 밑바닥은 보이지 않았지만, 무언가가 있는 것이 확실했다.

'이걸 들어가? 말아.'

미간을 찌푸린 카이가 잠시 고민했다.

'운이 나쁘면 단순한 함정이고, 아니라면 히든 퀘스트나 던전이겠지.'

함정이라면 자신은 죽을 것이다. 하지만 카이는 생각해 보았다.

'상식적으로 생각할 때 과연 개발자들이 유저 몇 명 죽이자고 이렇게 공들여서 함정을 만들어놨을까?'

그럴 리가 없었다. 만약 이것이 함정이라면, 노력이 가상해서라도 속아주는 것이 예의일 정도로 공을 들인 느낌이었다.

'이건 못 먹어도 고다.'

카이는 태양의 갑옷을 시전한 뒤, 마음을 단단히 먹고 늪 속으로 뛰어들었다.

'우읍!'

늪에 빠진 순간, 머릿속을 가득 채운 생각은 단 하나였다.

'아, 괜히 들어왔다.'

끈적한 액체가 온몸을 적시는 기분은 빈말로도 유쾌하지 못했으니까.

하지만 찰나의 시간이 흐른 뒤, 그 생각은 손바닥 뒤집듯 바뀌었다. 늪에서라면 절대 들이쉴 수 없는 공기가 코로 들어오기 시작한 것이다.

'이런 진흙탕에서 숨이 쉬어진다고?'

카이가 의아함을 느낀 순간, 그의 몸이 추락했다.

쿠우웅!

"크윽!"

인상을 찡그리며 엉덩이를 문지르던 카이의 눈길이 천장을 향했다. 천장은 전체적으로 매끈한 흑색 돌로 이루어져 있었는데, 카이의 머리 위만 늪이 꿀렁이고 있었다.

"늪이…… 안 떨어지고 있어."

마치 보이지 않는 막이라도 있는 것처럼, 늪의 진흙과 물은 천장에 고인 채 떨어지지 않고 있었다.

그리고 메시지창이 떠올랐다.

띠링!

[던전-'놀의 무덤'을 최초로 발견했습니다.]

[게임 시간으로 9일 동안 경험치 획득률과 아이템 드랍률이 30% 증가합니다.]

[경험치를 1,250 획득합니다.]

[명성이 520 상승했습니다.]

'던전!'

카이가 승리자의 미소를 지었다. 무언가 숨겨진 요소가 있을 거라고는 생각했지만, 그게 설마 던전이었을 줄이야.

'놀의 무덤이라. 이름 한번 살벌하네.'

고개를 돌리자 던전의 복도가 보였고, 그 위를 숲에서 봤던 연기가 가로질러가고 있었다.

'저 연기는 아직도 사라지지 않았나.'

서둘러 자리에서 일어난 카이는 다시 연기를 쫓기 시작했다.

'단거리 달리기라면 자신이 있지.'

무려 초등학생 때 단거리 육상 선수로 체육대회에서 4등을 했을 정도였다.

"허억, 허억. 숨차다."

참고로 초등학생의 단거리 육상 거리는 50미터다.

순식간에 폐에 가득 들어찬 숨을 내뱉은 카이는 복도 끝 모퉁이를 돌았다. 그리고 시야에 들어온 것은 또 다른 복도, 바닥에는 뼈 무더기들이 놓여 있었다.

'뼈들이라, 무슨 의미지?'

보통 뼈처럼 아무렇게나 너부러져 있는 것이 아니다. 마치 백화점의 고급 매장에 잘 개어져 있는 셔츠처럼 차곡차곡 예쁘게 쌓여 있었다. 추적하던 연기는 뼈 무더기를 바라보는 사이 또 복도 끝의 모퉁이를 돌아 시야에서 사라졌다.

"놓쳤네."

하지만 카이는 대수롭지 않다는 듯 어깨를 으쓱거렸다.

'어차피 길은 하나인 것 같으니 가다 보면 찾을 수 있겠지.'

카이가 앞으로 걸어가려던 찰나, 바닥에서 끼리릭 거리는 묘한 소리가 들려왔다.

'음, 끼리릭?'

끼리릭!

예쁘게 쌓여 있던 뼈들이 하나둘 일어나며 순식간에 조립

되기 시작했다.

잠시 후, 그것은 뼈로만 이루어진 놀이 되었다.

[놀 스켈레톤 LV. 51]

"5, 51레벨?"

이 지역에서 가장 레벨이 높다고 알려진 붉은 놀 치프와 동급이었다. 깜짝 놀란 카이는 서둘러 스킬을 캐스팅했다.

"태양의 축복, 태양의 갑옷, 성스러운 방어막……."

순서대로 사용한 스킬들이 모두 완성되었다. 동시에 조립이 끝난 놀 스켈레톤들이 뼈 단검을 쥔 채 달려들었다.

"홀리 익스플로전!"

콰아아앙!

일직선의 복도를 그대로 메워버리는 빛의 광선!

광선에 직격당한 놀 스켈레톤들은 장난감마냥 맥없이 부서져 버렸다.

"스켈레톤 주제에 감히 사제에게 덤비다니. 간덩이가 부었네. 아, 해골이라 간이 없구나."

자신이 내뱉은 농담에 웃음을 터뜨린 카이는 여유로워 보였다. 그도 그럴 것이 사제의 신성력을 사용한 스킬은 언데드와 악마형 몬스터에게 1.5배의 추가 대미지를 입히기 때문이다.

아군을 치료하는 힐마저도 그들에게는 치명적인 공격이었다.

'한마디로 이쪽이 상성상 훨씬 유리하다는 소리지.'

카이는 물먹은 콩나물처럼 쭉쭉 자라나는 경험치 바를 보며 입꼬리를 올렸다.

"완전 폭업 사냥터네. 사냥할 맛 좀 나겠어."

요 며칠 동안 세상이 자신을 중심으로 돌아가는 것이 아닐까 싶은 생각이 들 정도였다. 22년 동안의 고생이 마일리지까지 계산되어 한 번에 보상받는 기분!

"게다가 타격감도 붉은 놀보다 이쪽이 훨씬 더 좋아."

주먹을 쥐었다 펴기를 반복하던 카이가 중얼거렸다.

공중에서 산산조각나는 뼈들을 볼 때마다 느껴지는 짜릿한 쾌감!

"그럼 우선 루팅을 해볼까."

카이는 전리품을 줍기 시작했다.

[놀 스켈레톤의 뼈]

등급 : 매직

설명 : 놀 스켈레톤의 뼈이다. 놀의 원한이 가득 찬 곳에서만 생성되는 놀 스켈레톤을 잡았을 때 얻을 수 있는 희귀한 제작 재료.

"뭐야, 잡템 주제에 매직 등급이라고?"

이 재료로 장비를 만들면 매직 등급 이상의 아이템이 나올 확률이 높다는 소리였다.

"요즘 매직 아이템 시세가 나쁘지 않지."

당연히 레어 아이템보다는 가격이 싸지만, 매직 아이템도 3~40만 원 정도 가격에 거래된다.

"그럼 이게 다 돈이네."

전리품을 모두 챙긴 카이는 두둑해진 인벤토리를 둘러보며 해맑게 웃었다.

'보기만 해도 배부르네. 그럼 다시 가볼까.'

던전의 시작이 나쁘지 않았다.

최초 발견 보너스도 앞으로 9일이나 남은 상황, 그동안 얼마나 많은 보상을 얻을 수 있을까? 카이는 즐거운 상상의 나래를 펼치며 복도를 걸어나갔다.

"으음……."

던전 공략은 나름 순조롭게 진행되었다. 하지만 계속해서 이어진 복도를 걸어갈 때마다, 놀 스켈레톤의 개체 수는 더 많아졌고 레벨도 점점 더 올라갔다. 그리고 마침내, 우려하던 일이 벌어졌다.

"홀리 익스플로젼!"

콰앙!

이번에도 카이의 손끝에서 시전된 홀리 익스플로젼은 밝은 빛을 내뿜으며 복도를 새하얗게 물들였다. 하지만 먼지구름이 내려앉았을 때, 부서져 있는 놀 스켈레톤은 단 한 마리도 없었다. 모두가 두개골 사이에서 붉은 안광을 빛내며 카이에게 다가올 뿐이었다.

'젠장······.'

그들의 레벨이 무려 55레벨이었기 때문이다.

"홀리······."

2초의 캐스팅 시간이 2분처럼 길게 느껴진다.

'2초가 이렇게 길었던가?'

그 생각이 머리를 스치는 순간, 수십 자루의 단검이 쇄도했다.

"익스······ 크윽!"

[캐스팅이 취소되었습니다.]

카이는 즉시 뒤로 몸을 날렸다. 이어서 생명력을 확인한 그의 얼굴이 까맣게 타들어갔다.

'체력이 40%밖에 안 남았다고? 태양의 갑옷이랑 성스러운 방어막까지 두르고 있었는데······.'

과연 55레벨의 몬스터, 절대 만만하게 볼 수가 없다.

딱딱딱!

끼기긱!

놀 스켈레톤 수십 마리가 턱뼈를 딱딱거리며 천천히 다가왔다. 마치 한 편의 호러 영화를 보는 기분!

기겁을 한 카이는 재빨리 스킬을 사용했다.

"햇살의 따스함, 햇살의 따스함!"

나른한 오후, 볕 좋은 곳에 누워 낮잠을 청하는 것 같은 평화로운 기분이 들었다. 물론 체력도 쑥쑥 차올랐다.

'역시 효과가 좋아. 두 번만 써도 체력이 60% 넘게 오르니까.'

그 와중에도 놀 스켈레톤 무리는 꾸준히 다가왔다.

이에 카이는 소매를 걷어 올렸다.

"좋아. 그럼 어디 누가 먼저 지치나 해보자고."

"홀리 익스플로……."

[캐스팅이 취소되었습니다.]

"홀리 익……."

[캐스팅이 취소되었습니다.]

"홀……."

[캐스팅이 취소되었습니다.]

미드 온라인의 몬스터는 영악하다. 학습 효과가 뛰어난 그들은 절대 카이가 홀리 익스플로젼을 완성하도록 두지 않았다. 홀리 익스플로젼을 맞으면 더럽게 아프다는 것을 그들도 경험으로 알고 있었으니까.

"이, 이런!"

놀 스켈레톤들은 결국 카이를 밀어 넘어뜨리고 둥글게 둘러쌌다. 이어지는 구타!

"자, 잠깐! 나 뼈 맞았어……!"

뼈를 맞았다고 말했음에도 불구하고 구타를 멈추지 않는 잔악한 스켈레톤 무리!

카이는 애벌레처럼 몸을 웅크린 채 신나게 두들겨 맞았다.

그 와중에도 그는 본능적으로 두 손으로 머리를 보호, 대미지를 경감시키면서 주문을 외웠다.

"햇살의 따스함, 햇살의 따스함, 햇살의 따스함!"

[생명력이 10% 이하로 떨어졌습니다.]

[생명력이 회복되었습니다.]

[생명력이 10% 이하로 떨어졌습니다.]

[생명력이 회복되었습니다.]

생명력이 버그라도 걸린 것처럼 급격히 줄어들었다가 늘어나기를 반복했다.

'이러다가는 진짜 죽는다!'

힐긋 확인한 신성력은 벌써 30%까지 떨어져 있었다. 평생 힐을 하면서 버틸 수는 없다. 정신이 번쩍 든 카이는 그들의 공세를 뚫을 수 있는 약점을 찾기 시작했다.

"어……?"

잠시 후, 뭔가를 발견한 카이의 눈매가 가늘어졌다. 카이는 놀 스켈레톤들의 머리 위에 떠 있는 체력창을 쳐다봤다.

'회복을 하고 있어? 대체 어떻게?'

처음 녀석들과 만나자마자 홀리 익스플로전을 사용해 체력을 많이 깎아놓았다.

그런데 지금보니 녀석들의 생명력은 거의 모두 회복된 상태였다. 심지어 지금도 빠른 속도로 생명력이 회복되고 있었다.

'이 녀석들, 뭔가 있다.'

이들은 단순히 레벨만 높은 녀석들이 아니었다.

개처럼 두드려 맞던 카이는 사태의 심각성을 깨닫고 재빨리 녀석들의 정보를 확인했다.

[놀 스켈레톤 LV. 55]

[상태 : 회복 중]

던전의 주인인 놀 언데드 치프의 축복을 받은 상태입니다. 회복 스킬의 효과가 대폭 증가하며, 자연 치유력도 대폭 상승한 상태입니다.

'놀 언데드 치프에게 회복을 받고 있다고?'

이런 비밀이 숨겨져 있었구나!

눈을 반짝인 카이는 다음 순간 신성한 빛 스킬을 사용했다.

번쩍! 딱딱딱!

눈이 멀어버릴 것 같은 밝기에 놀 스켈레톤들의 공격이 느슨해진 틈을 타 카이는 가까스로 포위망을 벗어났다.

'홀리 익스플로전을 사용해서 녀석들을 잡는 건 무리야.'

저 악랄하고 졸렬한 뼈다귀들은 스킬이 캐스팅되는 것을 절대 기다려주지 않을 테니까.

'그렇다면 캐스팅 시간이 없는 스킬을 써야 하는데……'

현재 카이는 캐스팅 시간이 없는 스킬을 두 개 가지고 있었다.

하나는 사제 시절에 배운 힐이고, 다른 하나는 햇살의 따스함이었다.

"둘 다 공격 스킬이 아니잖아."

가볍게 혀를 찬 카이는 돌연 눈을 몇 차례나 깜빡였다.

'잠깐만, 내가 왜 공격 스킬을 찾고 있는 거지?'

언데드와 악마족에게는 사제의 신성력 자체가 공격이나 다름없다. 실제로 고레벨의 사제들은 공동묘지나 폐허에 가서 힐 스킬을 이용해 스켈레톤을 사냥하는 것을 즐겼다.

'항상 후방 지원만 하다 보니 까맣게 잊고 있었어.'

게다가 현재 놀 스켈레톤들은 치유 스킬의 효과가 대폭 증가한 상태, 카이의 입꼬리가 천천히 말려 올라가기 시작했다. 그 미소에서 불길한 기운을 느낀 놀 스켈레톤들이 주춤주춤 물러났다.

"어디 가? 바빠?"

두 손 가득 새하얀 신성력을 머금은 카이가 그들에게 손짓했다.

"잠깐 와 봐."

미드 온라인에는 다양한 종류의 몬스터들이 있다. 하지만 그중에서도 상대하기 까다롭다고 소문난 이들이 바로 레벨에 비해 높은 체력 수치를 지닌 언데드 몬스터였다.

게다가 제대로 숨통을 끊어놓지 않으면 몇 번이고 다시 일어서는 끈질긴 녀석들!

하지만 다행히도 이들과 상극이라 말할 수 있는 기운이 존재했으니, 그것이 바로 신성력이었다. 단순한 치료 스킬조차 그들에게는 공격으로 들어갔기에, 성기사와 사제가 언데드 사냥 파티에서 각광을 받는 건 당연한 일이었다.

'물론 치료 스킬의 대미지는 공격 스킬에 비할 만큼 강하지는 않지만 말이지.'

하지만 대부분의 힐 스킬에는 캐스팅 시간이 없다는 것과 쿨타임이 매우 짧다는 장점이 있다. 이것은 육성법이 어려운 사제를 아무도 플레이하려고 하지 않자, 페가수스사에서 지속적으로 상향을 해줬기에 생긴 결과였다.

'게다가 공격과 회복을 동시에 할 수 있다는 장점까지 있지.'

"햇살의 따스함!"

카이의 손이 황금색 빛무리에 휘감겼다.

그 손은 본래 아군을 치료하기 위한 손, 하지만 카이는 그 주먹을 꽉 쥐며 놀 스켈레톤들을 두드렸다.

동시에 그들의 생명력이 빠르게 줄어들기 시작했다.

띠링!

[대상의 회복 스킬 효과가 대폭 증가된 상태입니다. 757의 대미지를 입혔습니다.]

[대상의 회복 스킬 효과가 대폭 증가된 상태입니다. 704의 대미지를 입혔습니다.]

아마 놀 언데드 치프는 물론 개발자들조차 이런 상황을 예상하지 못했을 것이 분명했다.

'신성력이 떨어지기 전에, 더 빨리.'

카이는 그야말로 신의 대리자라도 된 것처럼 자신을 두들겨 패던 해골들 사이를 종횡무진 누비고 다녔다.

"너, 아까 두개골 모양 기억해 뒀어. 내 옆구리 때린 놈 맞지?"

도리도리!

"부정해봤자 소용없어."

바사삭!

신성력을 가득 담은 주먹을 휘두를 때마다 놀 스켈레톤이 부서진다. 그야말로 가장 간단하면서 효율적인 공격이었다.

"후우."

카이는 순식간에 끝난 전투의 현장을 돌아보며 뼈들을 줍기 시작했다.

[놀 스켈레톤의 뼈 3개를 획득합니다.]

[놀 스켈레톤의 뼈 1개를 획득합니다.]

[놀 스켈레톤의 뼈 2개를 획득하…….]

인벤토리에는 매직 등급의 재료 아이템이 차곡차곡 쌓여 갔다.

'이거 기분 좋은데?'

홀리 익스플로젼으로 적들을 쓸어버릴 때와는 또 다르다.

손끝을 통해 실시간으로 느껴지는 짜릿한 쾌감!

'경험치도 짭짤하네. 잘하면 마의 구간도 여기서 넘길 수 있겠어.'

유저는 10레벨 간격으로 클래스 타워에서 새로운 스킬을 배울 수 있다.

특히 미드 온라인에서의 레벨 50은 일종의 전환점이었다.

몬스터들의 난이도가 껑충 높아지는 것이 50레벨이기 때문이다.

"여기서 50레벨을 찍고, 마을에서 새로운 스킬들을 배우자."

태양의 사제는 과연 어떤 스킬들을 배울 수 있을 것인지, 벌써부터 기대되었다.

[레벨이 올랐습니다.]

[스탯 포인트를 5개 획득합니다.]

카이는 곧장 상태창을 불러 스탯을 확인했다.

[카이]

[직업 : 태양의 사제]

[레벨 : 51]

[칭호 : 신의 대리자]

[생명력 : 10,900]

[신성력 : 19,400]

[능력치]

힘 : 39 / 체력 : 109

지능 : 39 / 민첩 : 39

신성 : 194 / 선행 : 18

남은 스탯 : 25

"마의 구간치고는 쉽게 넘겼네."

다른 사제들에게는 지옥이라고 불리는 극악의 50레벨!

그 구간을 쉽게 넘겨버린 카이는 진한 미소를 지었다.

'그럼 이제 생각을 해보자.'

카이는 지성인답게 고민하기 시작했다.

'지금부터 스탯은 어떻게 분배해야 하지?'

여태까지는 사제의 정석처럼 레벨 업을 할 때마다 체력과 신성 스탯을 적당히 찍어줬다. 하지만 지금은 상황이 달라졌다.

'난 더 이상 일반적인 사제가 아니니까.'

태양의 사제는 솔플마저 가능한 직업이었다. 당연히 지금까지와는 다른 식으로 스탯을 찍어야 할 필요가 있었다.

'내가 가려는 길이 솔플이니까, 언젠가 민첩을 찍어야 할 수도 있어.'

미드 온라인에서는 민첩을 올리면 공격 속도가 올라가는 것이 아니라 운동신경이 올라갔다. 풀어서 이야기하면 민첩을 올리면 회피율과 적중률, 치명타 확률이 상승한다는 뜻이다.

'일단 모든 경우의 수를 열어두고…… 조금 더 생각해 볼까.'

카이는 결정을 뒤로 미뤘다. 아직 까지는 어떤 스탯을 올릴지 확신이 서지 않았기 때문이다.

'어차피 스탯 포인트는 모아둔다고 사라지는 것도 아니고.'

지금 당장 부족한 스탯이 있다면 사용하겠지만, 그렇지 않으니 내릴 수 있는 판단이었다.

"그럼 스탯은 모아 두는 걸로 마무리하고…… 몸이 좀 무겁네."

카이는 던전에 들어온 뒤로 하루에 세 시간씩만 자고, 게임을 하며 폐인이 무엇인지를 몸소 증명했다.

'하지만 그 덕분에 레벨을 이만큼이나 올릴 수 있었지.'

누적된 피로 때문에 몸 상태는 말이 아니었지만, 후회하지는 않았다.

'하지만 이 고생도 이제는 끝.'

던전의 최초 발견 버프가 이제 겨우 3시간 남았다.

남은 시간 동안 해야 할 일은, 던전의 존재 이유라고도 불리는 보스를 처치하는 것 하나뿐이었다.

'후우, 이건 조금 떨리는데.'

카이는 던전 경험이라고는 인스턴트 던전, 줄여서 인던이라 불리는 약식 던전밖에 가본 적이 없었다.

놀의 무덤과 같이 숨겨진 던전은 찾기가 쉽지 않았지만, 인던은 항상 플레이어에게 오픈되어 있기에 누구나 도전할 수 있는 장소였다.

'내가 진짜 던전을, 그것도 솔플로 공략하는 날이 올 줄이야.'

스스로가 자랑스러워서 뿌듯함이 절로 밀려들었다.

카이는 슬쩍 몸을 비틀어 자신이 지나온 복도를 돌아봤다.

'마을로 돌아갈 때는 귀환 주문서라도 사용해야겠어.'

놀의 무덤에는 길이 단 하나밖에 존재하지 않았다. 하지만 그 길이 어쩌나 길었는지, 사흘이 지나서야 겨우 보스 방에 도착할 수 있을 정도였다.

귀환 주문서는 무려 30실버나 하는 비싼 아이템이었지만, 걸어서 돌아갈 엄두는 나지 않았다.

'그럼 이제 집 주인 낯짝이나 한번 볼까.'

카이는 온갖 버프를 몸에 두른 뒤 석문을 만졌다.

띠링!

[경고합니다. 보스 방에 입장하면 전투가 끝나기 전까지 로그아웃과 귀환의 사용이 금지됩니다. 그래도 입장하겠습니까?]

"물론이지."

그그그극.

낡은 석문이 칠판 긁는 소리를 내며 천천히 열렸다. 카이는 주저 없이 방 안으로 걸어 들어갔다.

"흐음."

내부는 사각형으로 이루어진 거대한 방이었다. 네 개의 커다란 기둥이 천장을 받치고 있었고, 방의 끝에는 뼈로 이루어진 의자 하나가 놓여 있었다.

"……두개골?"

카이는 의자 위에 올려져 있는 놀의 두개골을 쳐다보며 주문을 캐스팅하기 시작했다.

놀의 두개골을 처음 보는 건 아니었지만, 여태까지 봐왔던 것보다 족히 세 배는 커다란 크기였다.

'저 대두가 놀 언데드 치프로군.'

카이는 조용히 스킬을 사용하기 시작했다.

트드드득.

보스 방 내부가 한 차례 작게 진동했다. 동시에 두개골의 눈구멍에서 붉은색 안광이 번쩍! 소리를 내며 피어올랐다.

[보스 몬스터, 놀 언데드 치프가⋯⋯.]

"홀리 익스 플로젼!"

적이 변신을 마치기도 전에 날아가는 선공!

그것이 끝이 아니었다.

[깊은 잠에서 깨어 났⋯⋯.]

"홀리 익스플로젼!"

[⋯⋯습니다.]

"홀리 익스플로젼!"

콰앙! 콰앙!

백색의 광선이 연신 놀 언데드 치프의 두개골을 강타했다.

순식간에 절반으로 떨어지는 놈의 체력.

딱딱딱!

두개골은 화가 난다는 듯 턱뼈를 움직이더니 천천히 허공으로 떠올랐다. 그러자 녀석을 받치고 있던 뼈 의자가 해체되더니 녀석의 몸으로 재조립 되었다.

'크다.'

2미터 크기의 제법 무서운 존재가 되어버린 녀석은 이글거리는 안광으로 카이를 노려봤다.

카이는 곧장 녀석의 머리 위에 떠오른 정보를 확인했다.

[놀 언데드 치프 LV. 58]

무려 58레벨의 보스 몬스터!

일반적으로는 최소 55레벨 이상의 모험가 네 명이 파티를 짜고 상대할만한 수준의 녀석이었다.

딱딱딱!

녀석이 턱뼈를 사납게 주억거리며 오른손에 굳게 쥐고 있던 스태프를 들어 올렸다. 동시에 방의 바닥에서 수십 개의 연기가 피어올랐다.

"저 연기는?"

그것은 카이가 사흘을 추격해도 끝내 잡지 못했던 연기였다.

[놀 언데드 치프가 놀의 영혼을 불러들입니다.]
[놀 스켈레톤이 소환됩니다.]

"이건……."

쿵!

놀 언데드 치프가 스태프로 바닥을 강하게 찍었다.

그 소리에 맞춰 연기들이 하나, 둘, 놀 스켈레톤의 형체를 갖추기 시작했다.

"곧 죽어도 던전 보스라 이거냐."

헛웃음을 흘리며 중얼거리는 카이를, 놀 언데드 치프는 마치 왕이라도 된 것처럼 내려다봤다.

'나의 부하들을 뚫고 계단을 올라 나에게 와보아라!'

그럴 리는 없겠지만, 녀석이 그렇게 외치는 것 같았다.

그 정도로 녀석의 안광은 강렬했다.

방 안에 침묵이 내려앉았다.

"……."

"……."

영원히 지속될 것만 같던 침묵은, 천장의 고여 있던 물방울 하나로 인해 깨졌다.

똑!

바닥에 떨어진 물방울이 일종의 신호탄이 되었다.

30마리의 놀 스켈레톤들이 일제히 카이를 향해 밀려들었다.

'좋아, 덤벼라.'

그들을 맞이하는 카이의 양손은 황금빛으로 물든 상태였다.

바사삭! 바사사삭!

카이는 지난 사흘간 학습한 것을 토대로 놀 스켈레톤들을 차근차근 부숴나갔다.

전, 후, 좌, 우!

놀 스켈레톤들이 사방을 포위한 채 카이를 공격했지만, 힐과 공격을 동시에 할 수 있는 그에게 치명상을 입힐 수준은 아니었다.

……?

자신의 부하들이 장난감마냥 부서지자 눈에 띄게 당황하는 놀 언데드 치프!

그 모습을 보며 카이가 득의양양한 미소를 지었다.

"지난 사흘 동안 내가 레벨만 올렸다고 생각하면 섭섭하지."

[햇살의 따스함 LV. 2]

대상의 HP를 치료하고 모든 상태이상을 해제합니다.

숙련도 57/100

[태양의 축복 LV. 2]

대상의 공격력과 마법 공격력, 신성 공격력을 상승시킵니다.

숙련도 19/100

[태양의 갑옷 LV. 2]

대상의 물리 방어력과 마법 방어력을 상승시킵니다.

숙련도 24/100

[홀리 익스플로젼 LV. 2]

거룩한 신의 빛을 쏘아내 적들을 쓸어버립니다.

숙련도 5/100

그렇다. 지난 사흘 동안 카이가 얻은 것은 단순한 경험치와 전리품만이 아니었다. 태양의 사제 전용 스킬들의 레벨은 모두 1레벨이었기에 성장 속도가 빨랐다.

'내 경험으로 미루어보면 이번 달 안에 모두 5레벨까지는 올

려놓을 수 있겠어.'

미드 온라인에서는 스킬조차 등급을 가지고 있었다. 일반적인 직업을 가진 이들이 배우는 스킬들은 보통 노말 등급, 하지만 태양의 사제인 카이가 지닌 스킬들은 당연히 신화 등급의 스킬들이었다. 등급이 높은 스킬은 레벨을 올릴 때마다 더 큰 폭으로 강해지는 것이 상식!

"햇살의 따스함 펀치!"

바사삭!

세 번을 때려야 죽던 놀 스켈레톤들은 이제 크리티컬이 뜨면 한 방에 부서져 버렸다. 태양의 축복 스킬의 레벨도 함께 상승하며 시너지가 폭발한 것이었다.

'왜 랭커들이 스킬과 아이템 등급 하나에 목숨을 거는지, 이제야 알겠어.'

직접 써보니 확실히 체감된다. 똑같이 대상을 치료하는 힐과 햇살의 따스함, 적을 공격하는 빛의 광선과 홀리 익스플로전, 같은 효과를 지니고 있더라도 그 수준은 천지 차이였다.

"후우……."

놀 스켈레톤을 10마리 이상 쓰러트렸을 때, 카이는 직감했다.

'지금 여기서 내 공격을 버틸 수 있는 녀석들은 없어.'

그것은 절대 오만이 아니었다. 태양의 축복으로 공격력을 강화하고, 칭호의 효과로 모든 스탯을 증가시켰으며, 신성력으로 1.5배의 추가 대미지까지.

'물론 이게 전부였다면 나도 꽤나 고생을 했겠지.'

운 좋게도 현재 놀 스켈레톤들은 회복 스킬을 매우 잘 받는 상태였다.

한마디로 이 던전에서 만큼은 카이가 절대적인 무력을 행사할 수가 있다는 소리!

'매일 뒤에서 남들 뒷바라지만 하던 내가 30대 1의 전설을 찍게 될 줄이야!'

말은 안 했지만 카이는 몬스터와 직접 싸우면서 온갖 잘난 척을 하던 딜러와 탱커가 부러웠다. 절대로 가끔 파티에 들어온 여자들이 그들에게만 관심을 가져서가 아니었다.

정말이다, 정말이다!

중요해서 두 번 강조했다.

"햇살의 따스함, 햇살의 따스함, 햇살의 따스함!"

순식간에 놀 스켈레톤 수십 마리가 부서진 레고 조각처럼 바닥에 수북히 쌓였다.

"너밖에 안 남았네."

딱딱…….

놀 언데드 치프는 비열하고 졸렬한 표정으로 자신에게 다가오는 인간을 노려봤다.

딱따딱!

턱뼈를 주억거린 녀석이 지팡이를 크게 휘두르자, 다시 한 번 연기가 피어올랐다.

[놀 언데드 치프가 부하들을 소환합니다.]

"또?"

카이는 대놓고 귀찮다는 표정을 지었다.

이번에는 50마리 정도가 소환되었다.

"그래 봤자 날 어쩌지는 못할 거 같은데……."

놀 스켈레톤이 몇 마리가 나오던 정리하는 시간의 차이가 있을 뿐이다. 질 것이라는 생각은 눈곱만큼도 들지 않았다.

딱딱딱!

카이는 턱뼈를 주억거리며 다가오는 뼈다귀들을 향해 천천히 걸어갔다.

"죽어, 죽어, 죽어!"

바사삭! 바사삭!

[경험치 3,820을 획득합니다.]

[놀 스켈레톤의 뼈를 2개 획득합니다.]

[경험치 3,758을 획득합니다.]

[놀 스켈레톤의 뼈를 3개 획득하……]

던전 최초 발견 버프를 받은 상태에서의 광속 몰이사냥!

경험치는 장마철 죽순처럼 쑥쑥 자라나기 시작했다.

바사사삭!

"쩝……."

카이는 52레벨이 되기 직전에 멈춰버린 경험치 바를 보며 아쉬운 듯 입맛을 다셨다.

"조금만 더하면 레벨 업이었는데 아쉽……."

딱딱딱!

[놀 언데드 치프가 부하들을 소환합니다.]

"……."

이번에 소환된 건 무려 백 마리!

카이의 눈동자가 데굴데굴 굴러가기 시작했다.

'잠깐만, 이거 설마……?'

카이의 고개가 천천히 놀 언데드 치프에게 돌아갔다.

"무한 소환 패턴!"

그것은 끝도 없이 부하들을 소환하는 패턴을 지닌 보스들을 뜻했다. 이런 녀석들은 초반에 막대한 화력을 퍼부어서 잡는 것이 유일한 공략 방법이었다.

물론 그것은 일반적인 경우, 카이와는 거리가 있었다.

'나 같은 경우에는 굳이 보스부터 잡을 이유가 없잖아?'

카이는 지난 사흘 동안 던전을 싹 다 돌았는데도 고작 150마리의 놀 스켈레톤을 잡았다.

하지만 이곳에서는 불과 한 시간만에 150마리가 넘는 놀 스켈레톤이 나타났다. 그 사실을 깨닫는 순간, 카이는 땅을 치고 후회했다.

'아, 일찍 들어올걸!'

보스가 저런 패턴을 가지고 있다는 것을 누가 알았겠는가.

만약 카이가 지난 사흘 동안 보스 방에서만 사냥을 했다면?

"끄응, 경험치랑 전리품을 얼마나 손해본거야."

마땅한 보상을 빼앗긴 기분이 들어서 억울함이 무럭무럭 차올랐다. 억울함은 슬픔이 되었고, 슬픔은 곧 분노가 되었다.

"분노의 샤이닝 펀치!"

이름은 멋있지만, 단순한 주먹질에 불과했다.

물론 효과만큼은 발군이었다.

카이의 주먹이 두개골에 작렬할 때마다 놈들은 부서져 버렸으니까.

-…….

딱따딱…….

사악한 인간에게 파괴되는 부하들을 본 놀 언데드 치프는, 시무룩하게 턱뼈를 주억거렸다.

[레벨이 올랐습니다.]
[스탯 포인트를 5개 획득합니다.]

카이의 눈이 반짝였다. 마치 크리스마스 선물을 바라는 아이처럼 순수한 눈빛!

하지만 그 눈빛을 마주하는 놀 언데드 치프는 씁쓸한 표정으로 고개를 절레절레 흔들었다.

마치 '안 돼. 이제 소환해 줄 생각 없어. 돌아가'라고 말하는 듯한 기색이었다.

"뭐야, 이제 불구야?"

카이가 뒷머리를 긁적거렸다. 하긴, 개발사가 바보도 아니고. 설마하니 놀 스켈레톤을 300마리나 소환할 때까지 버틸 수 있는 파티가 있다고 생각하지는 않았을 것이다.

'아쉽네.'

하지만 카이에게도 양심이라는 것이 있었다. 그는 현실을 담담하게 받아들이며 놀 언데드 치프에게 다가갔다.

"이제 정말로 너 하나 남았구나."

딱딱…….

등장 때만 해도 횃불처럼 활활 타오르던 녀석의 붉은색 안광은 촛불처럼 희미해져 있었다. 그 안광에서는 마치 세상을 다 산 독거노인처럼 쓸쓸한 감정마저 느껴졌다.

"아쉽지만 어쩔 수 없지. 리젠되면 그때는 나 같은 놈 만나지 마라."

이어지는 홀리 익스플로전!

레벨이 올라 한층 더 강력해진 광선이 그대로 놀 언데드 치프에게 쏟아졌다. 자신에게 다가오는 빛의 광선을 쳐다본 녀석은 천천히 제 안광을 꺼뜨렸다. 머릿속으로는 자신의 몬스터 생이 주마등이되어 지나갔다.

처음 눈을 뜨던 날, 덜떨어진 모험가 한 명이 겁도 없이 방에 들어왔다. 순전히 기뻤다. 드디어 일이라는 것을 할 수 있다고 생각했으니까.

하지만 그 덜떨어진 녀석은 자신이 소환하는 부하들을 패고, 패고, 패고 또 팼다. 그리고 지금, 하얀색의 광선이 날아오는 중이었다.

……!

주마등치고는 너무 짧지 않아?

딱딱딱!

황급히 안광을 살린 놀 언데드 치프가 억울하다는 듯 뒤늦게 항의를 했지만, 이미 홀리 익스플로젼은 발사된 상황!

콰아아앙!

[보스 몬스터-놀 언데드 치프를 처치했습니다.]

[경험치 20,000을 획득합니다.]

[레벨이 올랐습니다.]

[스탯 포인트를 5개 획득합니다.]

"후…… 정말 좋은 녀석이었어."

막대한 경험치와 아이템, 스킬 레벨 그야말로 보상을 바구니 채 퍼준 녀석이었으니 어찌 고맙지 않을까.

카이는 조용해진 보스 방에서 자신이 획득한 것들을 하나씩 확인하기 시작했다.

[카이]

[직업 : 태양의 사제]

[레벨 : 54]

[칭호 : 신의 대리자]

[생명력 : 10,900]

[신성력 : 19,400]

[능력치]

힘 : 39 / 체력 : 109

지능 : 39 / 민첩 : 39

신성 : 194 / 선행 : 18

남은 스탯 : 40

'던전에 처음 들어올 때는 분명 47레벨이었지?'

던전에서 사흘 동안 사냥을 하며 무려 7레벨이나 올라간 셈이다. 놀 스켈레톤들의 경험치가 빵빵했기에 이룰 수 있었던 쾌거였다.

게다가 버그 플레이라 칭해도 할 말이 없는 보스 방에서의 사냥이 가미되었으니, 오히려 이 정도 레벨이 되지 않으면 카이가 본사에 항의 전화를 했을지도 모른다.

'뭐, 세상에서 오직 나만이 할 수 있는 방법이었지.'

50레벨도 되지 않은 상태로 놀 스켈레톤 수백 마리를 동시에 상대할 수 있는 직업은 카이가 아는 선에서는 없었다. 물론 레벨이 높아지면 대부분의 직업들이 가능하다.

실제로 80레벨의 사제들은 카이가 했던 일을 쉽게 할 수 있을 것이다.

"하지만 그들은 그럴 이유가 없지."

그 정도 수준의 유저가 무엇이 아쉬워서 이런 곳에서 그런 짓을 하겠는가?

카이는 스킬창을 확인했다.

"흠, 햇살의 따스함 스킬이 벌써 3레벨. 제일 높네."

사용하는 횟수가 가장 많았으니 그럴 수밖에 없었다. 반면 보스 방에서 자주 사용할 수 없었던 홀리 익스플로전의 숙련도는 레벨 2로 가장 낮았다.

'뭐, 어차피 언젠가는 전부 올려야 되니까 상관없나.'

그리고 50레벨이 넘었으니 신전에서 새로운 스킬을 배울 수 있다. 카이는 새로운 스킬로 무엇을 배우게 될 지 상상하며 인벤토리를 열었다.

"어라. 이렇게 많이 모았었나?"

인벤토리에는 재료 아이템이 제법 많이 모여 있었다.

[놀 스켈레톤의 뼈 842개]

"흠……."

이것으로 세트 아이템을 만들 수 있는지는 마을의 대장간에 가야만 확인할 수 있었다.

카이는 방의 중앙에 생성된 보물 상자로 다가갔다.

"자, 그럼 메인 식사를 확인해 보실까?"

두 손을 비비며 무엇이 들어 있을지 온갖 상상을 하던 카이는 그대로 상자를 열었다.

[놀 언데드 치프의 스태프를 획득했습니다.]
[놀 언데드 치프의 빛나는 뼈를 50개 획득했습니다.]
[15골드를 획득했습니다.]

"흠. 애매한데."

고개를 갸웃거린 카이는 인벤토리에서 보라색으로 빛나는 스태프부터 꺼내 들었다.

1미터 정도 길이의 막대에 조그마한 놀의 두개골 모형이 박혀 있는 스태프였다.

"아이템 감정."

[놀 언데드 치프의 스태프]

등급 : 레어

주문력 67~74

지능 +10

체력 +3

착용 제한 : 레벨 50

내구도 45/65

설명 : 놀 스켈레톤을 다스릴 수 있는 능력이 깃들어 있는 스태프입니다. 오랜 세월로 인해 내구도가 심각하게 떨어져 있는 상태입니다.

[특수 효과]

캐스팅 시간 1초 감소.

'놀 스켈레톤' 소환 가능(LV. 50 고정, 최대 10마리, 소환 시간 10분, 쿨타임 30분)

"음……."

카이는 미간을 찌푸렸다.

'좋은 건가?'

스태프에 대한 지식이 아예 없으니 좋은 건지 나쁜 건지 분간이 잘되지 않았다. 하지만 하나만큼은 확실했다.

'레어 아이템이다.'

매직 아이템만 떠도 몇십만 원에 거래되는 판국에 레어 아이템이라면 최소 150만 원은 넘을 것이 분명했다.

'게다가 스태프는 마법사들의 주력 무기야.'

마법사는 육성 방법이 사제에 비교될 정도로 어려웠다. 하지만 특유의 강력한 주문과 화려한 이펙트 때문에 키우는 사람은 전사 다음으로 많았다.

그 말은 비싸게 팔리는 물건이라는 뜻이다.

'그나저나 놀 스켈레톤 소환이라니, 이건 또 뭐야.'

쇠뿔도 단김에 빼라고 했다. 카이는 곧장 스태프를 왼손에 장비했다.

"놀 스켈레톤 소환!"

펑!

촤라라라라락!

허공에서 갑자기 튀어나온 원판이 맹렬한 속도로 돌아가기 시작했다.

5장
프리카의 사제

촤라라라…… 락!

원판의 속도는 점점 느려지는가 싶더니 결국 멈춰버렸다. 원판의 위쪽에 달린 화살표가 가리키는 숫자는 7!

띠링!

[놀 스켈레톤 7마리가 소환됩니다.]

슈우우욱.

바닥에서 연기가 흘러나오더니, 이내 놀 스켈레톤 일곱 마리가 모습을 갖추었다.

'적?'

깜짝 놀란 카이가 전투태세를 갖췄지만, 그들의 머리 위에 떠 있는 [놀 스켈레톤 LV. 50]이라는 글씨는 붉은색이 아닌 초록색이었다.

'몬스터인데 같은 편이라고?'

실제로 녀석들은 자신을 멀뚱멀뚱 쳐다보기만 할 뿐, 별다른 공격 의사를 보이지는 않았다.

"완벽하게 소환수로 취급되는구나. 그럼 명령도 할 수 있나?"

카이는 곧바로 간단한 명령을 해봤다.

"앉아!"

착!

놀 스켈레톤들이 순식간에 자리에 앉았다.

"춤춰!"

둠칫, 두둠칫!

"머리 박아!"

쿵, 쿵!

소환자의 말이라면 그 어떤 것이라도 따르는 놀 스켈레톤!

마치 말 잘 듣는 강아지들 같아서 귀여움마저 느껴졌다.

'호오, 그럼…… 혹시 경험치도?'

카이는 곧장 한 마리에게 햇살의 따스함을 사용했다.

[소환수를 치료했습니다. 대상의 현재 체력 100%]

"역시 안 되는 건가."

완벽하게 아군으로 취급이 되는 것이 맞는 듯했다. 그렇다면 공격을 할 방법도 없고, 경험치를 줄 리도 없었다.

"아쉽네……."

카이가 입맛을 다시자, 놀 스켈레톤들이 뼈를 부르르 떨며 두려워했다.

'다른 것도 살펴봐야지.'

카이는 다른 아이템으로 시선을 돌렸다.

[놀 언데드 치프의 빛나는 뼈]

등급 : 매직

설명 : 놀 언데드 치프를 잡았을 때 얻을 수 있는 희귀한 제작 재료.

"이것도 매직 아이템이네."

레어 아이템이 아니라고 시무룩할 필요는 전혀 없었다.

대부분의 재료 아이템이 노말 등급이었으니, 오히려 이 던전의 재료 아이템들이 비정상적으로 품질이 좋은 것이었다.

"골드는 15개가 나왔구나. 그럼 150만 원!"

카이가 진한 미소를 지었다.

'이게 바로 솔플의 묘미지.'

일반적으로 한 개의 파티는 네 명의 플레이어로 구성된다. 그것이 경험치와 보상을 나눌 때 가장 좋은 효율을 낸다는 것이 여러 실험을 통해 검증되었기 때문이다.

'네 명이서 15골드면…….'

머릿수대로 나누면 겨우 3골드 75실버밖에 되지 않는다.

그것도 나쁘지는 않다. 하지만 혼자서 보상을 독식할 때와는 비교도 되지 않을 만큼 조촐하다. 더군다나 4골드 정도는 장비의 내구도를 수리하고 포션을 구매하면 절반 정도밖에 남지 않는다.

'역시 솔플이 옳아. 이게 정답이야.'

능력이 안 된다면 모를까, 솔플을 할 능력이 된다면 군이 파티 사냥에 목을 맬 필요가 없다.

끼리릭!

카이가 귀환 주문서를 사용하려는 순간, 놀 스켈레톤 한 마리가 그의 소매를 붙잡았다. 명령을 내리지 않았는데도 스스로 행동하는 건 이번이 처음이다.

"뭐야. 왜?"

카이가 고개를 갸웃거리자, 녀석은 앙상한 뼈마디로 한쪽을 가리켰다.

"응?"

그쪽에 위치한 것은 놀 언데드 치프가 위치해 있던 계단이다.

"저기로 가보라고?"

끄덕끄덕!

카이는 떨떠름한 표정으로 계단 위로 향했다.

우르르르릉.

계단을 모두 올라간 순간, 앞쪽의 벽이 그대로 무너지면서 숨겨진 통로가 나타났다. 어두운 통로를 지나자, 밤하늘에 촘촘히 박힌 별과 큼직한 달이 뿜어내는 빛이 그를 비추었다.

"잠깐, 여기는……"

카이의 곧장 미니맵을 펼쳤다.

[붉은 놀의 숲]

"하, 하하하!"

카이는 고개를 돌려 던전의 입구였던 늪을 쳐다봤다. 보스 방에서 연결되는 통로는 던전의 입구와 불과 2미터 정도만이 떨어진 장소였던 것이다.

'그렇구나.'

카이가 눈을 빛냈다. 돌아가는 길은 끝이 안 보일 정도로 멀다고 생각했다. 그래서 애초에 걸어서 돌아가는 것을 포기하고 귀환 주문서를 사용할 생각이었다. 하지만 그 생각부터가 잘못된 것이었다.

'나는 게임을 플레이하고 있어. 그리고 게임에서는 무슨 일이 일어나도 이상하지 않아.'

지레짐작으로 결론을 내리고 시도조차 하지 않은 채 포기하는 것은 플레이어의 발전을 가로막을 수도 있는 치명적인 단점이다.

만약 카이가 조금만 더 노련했다면, 정리가 끝난 보스 방을 차근차근 살펴봤을 것이다.

'여태까지 몰랐어.'

그는 항상 남들의 뒤만 쫓아다니던 사제, 수동적인 플레이어였기 때문이다.

하지만 이제는 달라져야 한다.

'모르는 건 배우면 돼. 지금처럼 말이지.'

카이는 다른 건 몰라도 노력을 하는 것만큼은 자신이 있었다. 무언가를 몰랐다는 창피함보다, 새로운 것을 배웠다는 성취감이 먼저 느껴졌다.

"고맙다."

카이가 놀 스켈레톤의 두개골을 쓰다듬었다.

딱딱딱!

녀석은 기분 좋은 듯 턱뼈를 주억이더니 이내 소환 시간이 다 되었는지 연기처럼 흩어졌다.

"으으, 배고파……."

한정우가 주린 배를 채우기 위해 방을 나서는 순간, 나긋나긋한 목소리가 귀를 간질였다.

"아들, 엄마 안 보이니?"

그의 어머니인 김현정 여사의 목소리였다.

"어? 진짜 보이네. 왜 보이지?"

한정우는 창밖으로 고개를 돌렸다.

해가 떠 있다. 평소대로라면 그녀는 한창 출근해서 열심히 일을 해야 할 시간이었다.

"혹시 회사 잘리셨어요?"

정우가 물었다.

"호호호, 내 아들 재미있는 소리를 하네. 네 엄마 사장이잖니."

"알죠. 농담 한번 해봤어요."

"실없는 농담은…… 오늘 일요일이잖니."

"벌써 그렇게 됐나요."

정우가 옆머리를 긁적거렸다. 하루 종일 게임만 하는 그에게 날짜 개념이란 게 있을 리 없었다.

"일단 씻고 나오렴. 냄새나니까."

"알았어요. 누나랑 아빠는요?"

"네 누나는 시장 보냈고, 내 남편은 쓰레기 분리수거 보냈고."

"……."

오랜만에 마주친 어머니였지만 역시 그녀의 포스는 여전했다. 그녀야말로 이 집안의 비선…… 아니, 그냥 아주 대놓고 실세인 존재!

곧장 꼬리를 만 한정우가 샤워를 마치고 나오자, 엄마가 부드러운 목소리로 질문했다.

"아들, 다음 주 일요일에 뭐하니?"

어머니의 물음에 정우가 어깨를 으쓱거렸다.

"뭐, 그날도 똑같이 게임……."

말을 이으려던 정우가 입을 다물었다.

왜냐하면 어머니의 눈빛이 알래스카의 눈보라처럼 차가워진 상태였으니까.

'뭐지? 내가 뭘 놓쳤지?'

정우가 고개를 돌려 달력을 쳐다봤다.

'다음 주 일요일이면…….'

숫자가 낯익다.

"아!"

이어서 무언가를 떠올린 정우가 냉큼 입을 열었다.

"물론 어머니 생신 축하드려야죠."

"알긴 아는구나."

"에이, 당연하죠."

가까스로 위기를 넘긴 정우의 등은 식은땀으로 축축해진 상태였다.

"그 날 가족 외식하기로 했으니까 시간 비워두렴."

"네, 선물도 기대하세요."

물론 수입이야 지금 막 생긴 참이지만, 다음 주 일요일까지면 생신 선물 하나 살 정도는 벌 수 있을 것 같았다.

'솔플로 벌어들이는 돈은 이전과 비교도 안 되니까.'

정우의 말에 어머니가 고개를 갸웃거렸다.

"아들 용돈 끊은 지도 오래됐는데 돈이 어디 있어서? 혹시 이 양반이 너 용돈 챙겨주든?"

"그건 아니고."

한정우가 고개를 흔들자, 그녀가 살포시 웃었다.

"없는 돈에 무리하지 말렴."

"무리 아니에요."

이어서 반박을 하려던 한정우가 돌연 입을 다물었다.

'백문이 불여일견.'

지금 백 마디를 하는 것보다, 다음 주에 근사한 선물 하나를 주는 것이 훨씬 더 멋있어 보일 것이다.

"그날 시간 비워놓을게요."

정우가 미묘한 웃음을 지으며 대답했다.

[게임에 접속했습니다.]

"자, 그럼 이제 밀린 일부터 처리해 볼까."

프리카 마을의 중앙 광장에 모습을 드러낸 카이는 곧장 자리에서 일어났다. 놀의 무덤에서 얻었던 전리품들을 팔아, 엄마의 생신 선물을 위한 돈을 마련할 생각이었다.

'뭐, 안 팔리면 가지고 있는 골드를 쓰면 되겠지.'

현재 카이가 가지고 있는 골드는 던전 공략 보상을 포함해 모두 17골드 정도, 던전 공략 한 번에 부자가 된 카이의 발걸음에는 여유가 깃들어 있었다.

'이래서 사람은 지갑이 통통해야 돼.'

괜히 허리와 어깨를 꼿꼿하게 세운 그는 마을의 외곽에 위치한 대장간으로 향했다.

땅! 땅! 땅!

아직 이른 아침이라 그런지 대장간 주변에는 다른 유저들이 보이지 않았다.

'운이 좋네.'

무기점이나 잡화상점, 대장간에는 항상 유저들이 북적대서 오랜 시간을 기다려야 한다는 걸 생각하면 오늘은 운이 좋은 편이었다.

카이가 대장간 문을 두드리자 망치질 소리가 멈췄다.

"들어와라!"

안쪽에서 우렁찬 목소리가 들려오자 카이는 문을 열고 내부로 들어섰다. 마치 사우나에 들어온 것처럼 후끈한 열기가 얼굴을 뒤덮었다.

"무엇이 필요한가?"

프리카 마을의 대장장이인 막심은 근육이 불끈불끈한 60대의 노인이었다. 양 갈래로 땋아놓은 하얀색 수염이 무척이나 인상적이다.

"혹시 이 재료들로 제작할 수 있는 아이템이 있을까 해서요."

카이는 곧장 인벤토리에서 놀 스켈레톤의 뼈를 꺼냈다.

"흠? 뼈라……."

막심은 뼈를 톡톡 두드려 보기도 하고, 겉면을 만지면서 구석구석 살펴보기도 했다. 잠시 뼈를 만지작거리던 그는 고개를 돌렸다.

"이 뼈는 상급의 재료로군. 마나 전도율도 제법 높으면서 색상 자체가 빛을 반사하지 않는 흑색이기 때문에 밤에는 모습을 감추는 데에도 유리하겠어."

"오오, 그럼 그것들로 세트 아이템을 만들어주실 수 있습니까?"

"뼈가 몇 개나 있지?"

카이는 인벤토리의 모든 뼈를 꺼내 그에게 건넸다.

뼈의 수를 확인한 막심이 고개를 끄덕였다.

"이 정도 양이면 투구부터 신발까지 세트로 만들 수도 있겠군."

'매직 등급의 세트 아이템!'

매직 등급의 세트 아이템은 부르는 게 값이었다. 각각의 부위가 레어 아이템보다는 성능이 떨어지지만, 그것들을 모두 착용했을 때 적용되는 효과가 매우 좋았기 때문이다. 레어 아이템으로 전신을 도배하는 것보다 값이 싸다는 장점도 있었다.

"그럼 이거는요?"

카이는 놀 언데드 치프의 빛나는 뼈를 건넸다. 막심은 그것 또한 살펴보더니 고개를 끄덕였다.

"아까 것보다 더 좋은 재료다. 하지만 양이 그리 많지 않아 이걸로는 세트 아이템을 만들기 힘들고…… 무기 하나 정도는 만들 수 있겠군."

"무기라."

그러고 보니 슬슬 무기를 바꿀 때가 되었다. 애초에 지금 사용하고 있는 사제용 메이스는 레벨 제한이 38이고 등급도 노말이라 가지고만 다닐 뿐, 잘 사용하지도 않았으니까.

"혹시 메이스도 만들어주실 수 있나요?"

"물론일세."

"그럼 그걸로 부탁드립니다."

"좋다. 그럼 일주일 뒤에 찾아와라. 제작비는 5골드고 선불이다."

"음."

재료는 이쪽에서 준비하고 제작만 하는 것인데도 이만한 돈이 들다니!

'웜 리자드만 잡으면 대장간도 무료로 이용할 수 있긴 하지만⋯⋯.'

지금의 장비로는 65레벨 필드 몬스터인 녀석을 잡을 수 있다는 확신이 들지 않았다.

'어쩔 수 없지.'

카이는 5골드를 건넸다.

"그럼 잘 부탁드립니다."

대장간을 나온 카이는 곧장 태양교의 프리카 지부로 향했다. 그곳으로 향하는 이유는 단 한 가지였다.

'자, 그럼 이제 스킬을 배워볼까.'

미드 온라인에서는 10레벨 간격으로 클래스 타워에서 스킬을 배울 수가 있다. 특히 마의 고비라 불리는 50레벨을 넘긴 사제가 취할 수 있는 과육은 유난히 달콤하다.

이제 그 과육이 얼마나 달콤한지를 확인할 시간이었다.

카이는 곧장 태양교의 신전으로 향했다.

"어서 오십시오. 형제님."

"사제님, 저는 새로운 힘을 받아들일 준비가 되었습니다."

"으음, 어디 한번……."

신관 레이가 카이의 몸을 자세히 훑더니 미소를 지었다.

"확실히 강해지셨군요. 어떠한 가르침을 얻고 싶으신지 이 중에서 골라 보시지요."

카이는 눈앞에 떠오른 인터페이스 창을 유심히 살폈다.

[블레스]

아군에게 축복을 내려 일정시간 동안 모든 스탯을 증가시킨다.

스킬 레벨에 따라 증가하는 양이 늘어난다.

[홀리 인챈트]

아군의 무기에 신성력을 부여한다. 신성력이 부여된 무기는 공격을 할 때마다 적에게 추가 대미지를 입히며, 악마족과 언데드에게는 두 배의 추가 대미지를 입힌다.

[리저렉션]

아군 한 명을 부활시킨다. 스킬 레벨에 따라 부활 시의 HP 회복량이 증가한다.(NPC에겐 사용할 수 없습니다.)

[힐링 웨이브]

다수의 아군을 신성력의 고리로 연결시켜 동시에 회복시킨다. 스킬 레벨에 따라 회복량이 증가한다.

[매스 블레스]

다수의 아군에게 축복을 내려 지속 시간 동안 모든 스탯을 증가시킨다. 스킬 레벨에 따라 스탯의 증가 수치가 늘어난다.

[원기 회복의 샘]

아군의 체력과 스테미너를 치료하는 신성한 샘을 설치한다. 근처의 언데드나 악마족 몬스터에게 대미지를 줄 수 있다.

……

"오오……!"

마의 구간을 넘은 사제에게만 주어지는 꿀처럼 달콤한 스킬들!

카이는 곧장 스킬을 배우려다가 멈칫했다.

'잠깐만, 그런데 왜 이게 다야?'

눈을 씻고 찾아봐도 태양의 사제 전용 스킬은 보이지 않았다.

혹시 신화 등급의 직업은 교단 지부가 아니라, 본단에 가야 스킬을 배울 수 있는 걸까? 미간을 찌푸리며 고민하던 카이의 눈에 이상한 글자가 보였다.

[지원형 스킬-6개 스킬 활성화 가능]

[신성 마법 스킬-37개 스킬 활성화 가능]

[???-잠겨 있음]

[???-잠겨 있음]

"뭐야 이건?"

무언가 상위 스킬이 게재된 목록처럼 보이긴 하는데, 자물쇠 모양이 채워져 열람이 불가능했다.

'이건 태양의 사제랑 관련된 스킬 목록들이 분명해.'

태양의 사제로 전직하기 전에는 없었던 항목이다. 그 이후에 새롭게 생긴 것들이었으니 그렇게 생각하는 게 당연했다. 뒤이어 떠오른 의문은 이것들이 왜 잠겨 있느냐는 것이었다.

'혹시 지금은 레벨이 낮아서 잠겨 있는 건가?'

충분히 가능성이 있는 일이었다. 지금 가지고 있는 스킬만 해도 강력하니 밸런스를 맞추기 위해서 일부러 막았을 수도 있다.

카이는 한숨을 내쉬며 시선을 다른 곳으로 돌렸다.

'결국 지금 당장 배울 수는 없구나. 그럼 우선 블레스와 리저렉션, 원기 회복의 샘만 배우자.'

홀리 인챈트와 힐링 웨이브는 솔직히 지금 자신에게 그리 필요가 없는 스킬이었다. 태양의 축복과 햇살의 따스함만 있어도 저 스킬들보다 월등한 효과를 낼 자신이 있었으니까. 게다가 스킬을 배울 때마다도 돈이 나가기 때문에 신중해질 수밖에 없었다.

"블레스와 리저렉션, 원기 회복의 샘을 배우겠습니다."

"알겠습니다. 그대의 앞길을 태양이 비추기를."

[스킬 '블레스'를 배웠습니다.]

[스킬 '리저렉션'을 배웠습니다.]

[스킬 '원기 회복의 샘'을 배웠습니다.]

세 개의 스킬을 배우는 데 75실버를 지불한 카이는 인터페이스를 쳐다보며 고개를 갸웃거렸다.

"그런데 블레스랑 매스 블레스의 차이는 뭡니까?"

"블레스가 단일 대상에게만 축복이 가능한 기술이라면, 매스 블레스는 수많은 이들에게 동시에 축복을 내려줄 수가 있지요."

"오."

카이는 머릿속으로 수십 명에게 동시에 축복을 내리는 자신을 상상했다.

'앞으로는 기본적으로 솔플 위주가 될 것 같지만…… 배워 두면 유용한 상황이 올 수도 있겠는데?'

잠시 자신의 지갑 사정을 헤아리던 그는 결심을 내리고 고개를 끄덕였다.

"이것도 배우겠습니다."

"태양의 길이 형제님을 인도할 것입니다."

[스킬 '매스 블레스'를 배웠습니다.]

뿌듯한 마음과 함께 신전을 나선 카이는 자신이 보유한 골드를 쳐다보고는 즉시 시무룩해졌다. 총 네 개의 스킬을 배우는 데 1골드라는 돈이 지출되었으니까.

"후우…… 이래서 지름신이란……."

대장간과 교단만 들렀을 뿐인데 무려 80만 원이 증발해 버렸다. 물론 정당한 대금을 치른 것이기에 아깝지는 않았지만, 허무한 마음만큼은 어쩔 수 없었다.

'모아놨던 용돈도 다 떨어져서 이제 골드도 못 사니까 지금부터는 돈을 좀 아껴야겠어.'

'프리카를 구하라!' 퀘스트의 제한 시간은 아직 2주가 넘게 남아 있었다. 대장간에서 아이템이 완성되기까지 일주일이 걸린다고 하니, 그 시간 동안 다른 퀘스트를 수행하는 것이 좋아 보였다.

'사흘 동안 할 만한 퀘스트가 새로 생겼을라나.'

곧장 퀘스트 게시판으로 발걸음을 옮긴 카이는 구석구석을 잘 뒤지며 새롭게 갱신된 퀘스트 목록을 뒤적거렸다.

'생각보다 별로 없네.'

물론 사흘 동안 새롭게 등록된 퀘스트는 많았다. 하지만 그중에 선행을 베풀 수 있는 퀘스트는 없었다.

'퀘스트가 없으면 선행을 대체 어떻게 베풀지.'

분수대에 걸터앉은 카이는 골똘히 고민했다.

그러던 카이의 눈앞으로 노파 한 명이 골골거리면서 지나갔다.

"콜록, 콜록!"

지독한 여름 감기에 걸리셨는지 연신 기침을 토해내는 노파가 안쓰러워진 카이는 그녀에게 다가갔다.

"잠시 실례할게요."

"으_으응?"

"햇살의 따스함."

황금빛 신성력이 그녀를 휘감자, 안색이 눈에 띄게 좋아졌다. 그녀의 주름 가득한 눈매가 초승달처럼 곱게 휘었다.

"정말 고마우이. 신관인감?"

"네, 맞아요."

"그런데 비용이……."

노파가 살짝 걱정된다는 목소리로 말하자, 카이가 싱긋 웃으며 손사래를 쳤다.

"에이, 비용은 무슨 비용이에요. 괜찮습니다."

그제야 카이를 보며 마주 웃어주는 노파, 누가 봐도 훈훈한 광경이 연출되는 순간 메시지창이 떠올랐다.

띠링!

[NPC 넬라에게 선행을 베풀었습니다.]
[선행 스탯이 1 상승합니다.]

"응?"

갑작스럽게 떠오른 메시지에, 카이는 얼떨떨한 표정을 지었다.

"음……."

프리카 마을의 조그마한 태양교 신전.

그곳에 두 명의 신관이 올곧은 자세로 앉아 있었다.

지부장을 맡고 있는 신관 레이가 고개를 돌리며 물었다.

"테이 형제님. 요 며칠간 한가로운 것 같지 않습니까?"

"음. 확실히 새로운 힘을 얻기 위해 찾아오는 모험가들을 제외하고는 아무도 찾아오지 않는군요."

평소에는 스킬을 배우기 위해 찾아오는 소수의 사제들을 제외하더라도, 마을의 NPC나 다른 직업을 가진 모험가들이 상처를 치료하거나 저주를 풀기 위해 자주 찾아오곤 했다.

"대체 이유가 뭘까요?"

마치 자신들 탓에 교단의 성세가 줄어든 것 같아 태양신께 죄송스러운 마음이 들었다.

"글쎄요. 다들 몸이 아프지 않고 성하다는 뜻이겠지요. 그 또한 신의 축복입니다."

"아아! 그렇군요. 역시 헬릭께서 저희를 보살펴 주시나 봅니다."

"네, 그러니 기도합시다."

그들이 한창 기도를 하고 있을 때, 밖으로 나가 있던 신관 하나가 헐레벌떡 들어왔다.

"혀, 형제님들!"

"카로 형제님? 왜 그리 소란이십니까?"

레이가 궁금한 목소리로 묻자, 카로 신관이 밝게 웃으며 손 짓했다.

"알아냈습니다. 요 며칠 동안 저희 교단에 신자들이 방문하지 않았던 이유요!"

"그게 무슨 소리입니까?"

신관들이 어리둥절하며 자리에서 일어나자, 카로 신관이 그들을 이끌었다.

"우선 따라와 보십시오."

"하지만 신전을 비워둘 수는 없습니다."

"잠깐이면 됩니다!"

"으음. 그럼 잠시만입니다."

그들은 카로 신관을 뒤를 따라갔다. 그가 향하는 곳은 사람들이 많은 마을의 중앙 광장 쪽이 아닌, NPC들이 거주하는 주거 지역이었다.

"이곳은 왜……?"

"저길 보십시오!"

카로 신관이 입에 침까지 튀겨가며 한쪽을 가리켰다.

신관들이 고개를 돌려보니, 그곳에는 멀리서도 잘 보이는 커다란 팻말이 하나 박혀 있었다.

[신속! 정확! 아로마 옥돌 음이온 힐! 몸이 아프시거나 찌뿌둥하신 분, 기분이 울적하거나 매사 일이 풀리지 않으시는 분들을 무료로 치료해 드립니다. 의료사고 확률 0% 보장!]

"저, 저게 뭐지요?"

레이가 당황해서 말을 더듬거리자, 카로 신관이 재빨리 입을 열었다.

"모험가 형제님입니다. 얼마 전에 교단을 방문해서 스킬을 배우신…… 기억 안 나십니까?"

그의 말을 듣고 팻말 아래를 바라보자, 확실히 기억이 나는 얼굴이었다. 그에게 힐을 열심히 받은 아주머니가 입가를 가리며 웃었다.

"오호홍, 뭉쳐 있던 근육통이 싸~악 사라지네 그냥! 고마워요 신관 총각."

"저야말로 감사하지요."

서로 짤막한 덕담을 나눈 아줌마는 쿨 하게 뒤를 돌아 사라졌고, 남자도 곧장 고개를 돌렸다.

"다음 분 오세요!"

더없이 깔끔한 쿨 거래의 현장!

레이는 침을 꿀꺽 삼키며 사람들이 서 있는 줄을 쳐다봤다.

"설마 저 줄이 모두⋯⋯?"

"모험가 형제님에게 치료를 받기 위해 기다리고 있는 이들입니다!"

"과연⋯⋯!"

이제야 사람들이 교단을 방문하지 않았던 이유를 알 것 같았다. 주거 지역에서 이렇게 가까운 곳에 무료로 치료를 해주는 사제가 있는데, 누가 멀리 있는 신전까지 와서 헌금을 내며 치료를 받겠는가?

레이는 젊은 모험가의 상냥함에 크게 감탄했다.

"허⋯⋯ 모험가 중에서도 저리 건실한 신도가 있을 줄이야!"

카로 신관이 말을 받았다.

"모험가들은 신의 힘을 제멋대로 사용하는 파렴치한이 대부분이라 생각했는데, 제 생각이 잘못되었습니다. 그들 중에서도 저렇게 신의 거룩한 뜻을 전도하는 이가 있었습니다!"

"허허! 그 말이 맞습니다. 저희가 모험가 형제님에게 한 수 배웠습니다."

레이가 허허 웃으며 모험가 형제, 카이에게 다가갔다.

"응, 신관님들……?"

갑작스러운 신관들의 방문에 카이는 엉거주춤한 자세로 일어났다.

마치 경찰을 마주한 불법 노점상처럼 불안한 표정이 얼굴 위에 드러났다.

"아니, 카이 형제님. 왜 그렇게 떨고 계십니까?"

"그, 그게…… 제가 이분들을 모두 치료하면 신관님들의 일거리가 사라지잖습니까."

카이의 상냥한 대답에 신관들이 이마를 치며 감탄했다.

"이 와중에도 저희를 그렇게 생각해주시다니! 눈앞에 성자를 두고도 몰라봤군요."

"이 일은 필히 보고서를 작성해 교단에 정식으로 올려야겠습니다."

"이를 말입니까? 가만, 이럴 게 아니지요. 이왕 이렇게 된 거, 저희도 카이 님을 도와주지요!"

"그거 좋은 생각이군요!"

신관들이 팔을 걷어붙이고 주민들을 치료할 준비를 하자, 카이가 그들을 막아섰다.

"안 됩니다!"

"형제님……?"

"안 된다니, 그게 무슨 말씀이십니까?"

신관들이 어리둥절한 표정으로 고개를 갸웃거렸다.

카이는 필사적인 목소리로 입을 열었다.

"이 일은 저에게 맡겨 주십시오. 제가 혼자 할 수 있습니다!"

"하지만 저희가 도와드리면 일이 훨씬 빨리 끝날 것입니다."

"그렇습니다. 게다가 같은 길을 걷는 저희가 이런 좋은 일을 지나칠 수가 없지요!"

"걱정 마십시오, 형제님."

그들이 흐뭇한 미소를 짓자, 카이는 속이 새까맣게 타들어 감을 느꼈다.

'가만히 있는 게 도와주는 겁니다!'

카이는 지난날 광장에서 노파를 치료해주고 선행 스탯이 쌓이는 것을 경험했다.

그때, 그의 머릿속에 기막힌 생각이 번개처럼 떠올랐다.

'그러고 보니 퀘스트를 해야 선행 스탯이 늘어난다는 말은 없었어.'

선행을 베풀면 선행 스탯이 올라간다고 쓰여 있을 뿐이었다.

'그럼 결국 어떤 방식으로든 NPC에게 선행을 베풀면 되는 거 아니야?'

카이는 그 즉시 마을의 주거 지역으로 향했다.

'치료소나 신전을 방문하기엔 시간적 여유가 없는 이들. 혹은 지갑 사정이 좋지 않은 사람들. 이 사람들을 치료해 주는

거야.'

　자신은 선행을 베풀어서 좋고, NPC들은 무료로 치료를 받을 수 있어서 좋은 진정한 의미의 윈윈 전략이었다.

　'그 결과는…… 초대박!'

[카이]

[직업 : 태양의 사제]

[레벨 : 54]

[칭호 : 신의 대리자]

[생명력 : 12,200]

[신성력 : 20,700]

[능력치]

힘 : 52 / 체력 : 122

지능 : 52 / 민첩 : 52

신성 : 207 / 선행 : 31

남은 스탯 : 40

　닷새 만에 올린 선행 스탯은 무려 13개, 카이는 앉은 자리에서 레벨을 13개나 올린 것과 다름없는 이 행위에 푹 빠져 있었다.

　'차라리 사냥 접고 수도에서 치료사의 길을 걸어……?'

진지하게 진로 변경을 고민했을 정도였다. 하지만 카이의 이런 절박함은 신관들에게 다른 의미로 다가갔다.

"허어, 아픈 자를 혼자서 모두 치료하고 싶다니······ 이렇게 고운 마음씨의 소유자는 정말 오랜만에 봅니다!"

"태양교 뭇 사제들의 귀감이에요."

"모험가 형제님을 보니 제 어렸을 적이 생각나는군요. 초심을 되찾는 계기가 되었습니다. 허허허."

"확실히 그렇군요. 저는 카이 님의 나이 때에 대체 뭘 했었는지······."

[NPC 카로의 호감도가 상승합니다.]
[NPC 브릭의 호감도가 상승합니다.]
[NPC 다니엘의 호감도가 상승합니다.]
[헬릭이 뿌듯해합니다. 태양교의 공적치가 70 증가합니다.]

"하하."

의도치 않게 호감도와 공적치가 올라버리는 미묘한 상황.

카이는 자신에게 칭찬과 덕담을 늘어놓는 신관들을 보며 어색한 미소만 지어보였다.

카이는 불과 며칠 만에 프리카 마을의 명물이 되었다.

선행 스탯도 지난 이틀 동안 2개를 더 올려 무려 33이 되었다. 그 뒤로 몇 시간이나 주민들을 치료해 주었는데 선행 스탯이 오르지 않는 것으로 보니, 이런 방법으로 선행 스탯을 무한정 쌓는 것은 불가능한 모양이었다.

'그리고 얼굴이 너무 팔렸어.'

이제는 NPC는 물론이고 프리카 마을을 거점으로 삼은 유저들까지 카이의 얼굴을 안다. 주민들의 칭찬에 궁금해진 플레이어들이 그를 구경하러 왔기 때문이다.

"후우, 아무튼 드디어 끝났다."

오늘 하루도 무사히 장사를 마친 카이는 홀가분한 마음으로 거리를 거닐었다.

막심이 약속했던 일주일째 되는 날이 바로 오늘이었기에 대장간을 방문하려는 것이었다.

카이가 길을 걷자 사방에서 NPC들의 친근한 목소리가 건네졌다.

"카이, 사과 남겨놓을 테니 나중에 가져가!"

"사냥이 끝나면 주점에 들르라고. 차가운 맥주 한잔 쏠 테니까! 으하하!"

그들 모두가 카이에게 치료를 받은 이들이었다. 호감도가 부쩍 올랐기에 가능한 일이었다.

"하하, 어깨는 좀 풀리셨어요?"

"발목 삔 건 좀 어떠세요?"

"소화불량은 힐로도 완벽하게 치료할 수가 없으니 당분간은 수프처럼 소화가 잘되는 음식들 위주로 드세요."

카이는 NPC들을 무시하지 않고 하나하나 인사를 받아주었다.

'이 세상의 모든 서비스직 종사자들이 나와 같다면 세상이 조금은 나아질 텐데.'

고개를 절레절레 흔들며 세계의 평화를 걱정한 카이는 대장간에 도착했다.

'후우, 왜 이렇게 떨리는지.'

완성된 세트 아이템과 무기에 많은 건 바라지도 않았다.

투구, 어깨방어구, 상의, 하의, 신발. 보통은 이렇게 다섯 부위의 장비가 세트 아이템을 구성하는 일반적인 경우이고, 몇몇 세트에는 특별한 부위가 추가되기도 한다.

'어제 경매장을 둘러본 결과, 가장 최근에 거래된 붉은 놀 세트는 다섯 부위에 95골드였어.'

현금으로 천만 원에 육박하는 변태 같은 가격임에도 불구하고, 붉은 놀 세트는 매물이 없어서 구매를 못 하는 상황이다.

"하느님, 부처님, 헬릭 님, 엄마, 누나, 그리고…… 한 명 빠졌는데? 고3 때 담임 선생님인가?"

카이는 눈을 꼭 감고 그들에게 기도를 올렸다.

'대박 터지게 해주세요.'

동시에 눈을 번뜩인 그는 대장간 문을 힘차게 두드렸다.

"들어와라."

내부로 들어서자 저번과 같은 열기가 다시 한번 얼굴을 덮쳤다. 하지만 지금은 긴장감 때문인지 그렇게 뜨겁게 느껴지지 않았다.

"일주일 뒤에 오라고 하셔서요."

"물건은 모두 완성됐네."

막심은 자신의 방에 들어가더니 묵직한 상자를 두 개나 들고 나타났다.

쿵, 쿵!

작업대 위에 상자들을 올려놓은 그는 만족스러운 표정으로 말했다.

"열어보게."

침을 꿀꺽 삼킨 카이는 떨리는 심정으로 커다란 상자를 살짝 건드렸다.

[칠흑의 놀 방어구 상자를 개봉하겠습니까?]

세트 아이템의 단점은 하나뿐이었다.

바로 상자를 개봉하면 거래 불가 상태가 된다는 것.

'하지만 괜찮아. 지금 당장은 웜 리자드를 잡는 게 우선이니까 스펙 업이 필요해.'

게다가 거래 불가가 된 세트 아이템은, 마녀의 숨결이라는 아이템을 통해 다시 거래 가능 상태로 만들 수도 있었다.

물론 많은 돈이 필요한 일이었다.

짧게 숨을 고른 카이가 입을 열었다.

"아이템 개봉."

띠링!

[칠흑의 놀 투구를 획득합니다.]

[칠흑의 놀 어깨 방어구를 획득합니다.]

[칠흑의 놀 갑주를 획득합니다.]

[칠흑의 놀 하의를 획득합니다.]

[칠흑의 놀 벨트를 획득합니다.]

[칠흑의 놀 부츠를 획득합니다.]

카이는 천천히 아이템의 설명을 읽기 시작했다.

[칠흑의 놀 투구]

등급 : 매직(세트)

물리 방어력 206

마법 방어력 178

착용 제한 : 레벨 50

내구도 100/100

[칠흑의 놀 어깨방어구]

등급 : 매직(세트)

물리 방어력 175

마법 방어력 158

착용 제한 : 레벨 50

내구도 100/100

[칠흑의 놀 갑주]

등급 : 매직(세트)

물리 방어력 275

마법 방어력 248

착용 제한 : 레벨 50

내구도 100/100

[칠흑의 놀 하의]

등급 : 매직(세트)

물리 방어력 245

마법 방어력 227

착용 제한 : 레벨 50

내구도 100/100

[칠흑의 놀 벨트]

등급 : 매직(세트)

물리 방어력 105

마법 방어력 78

착용 제한 : 레벨 50

내구도 100/100

[칠흑의 놀 부츠]

등급 : 매직(세트)

물리 방어력 147

마법 방어력 139

착용 제한 : 레벨 50

내구도 100/100

'여기까지는 좋아. 무난해.'

하지만 세트 아이템의 가치는 그것들을 모았을 때 어떤 효과가 나타나느냐로 결정된다. 그것이 매직 등급에 불과한 붉은 놀 세트가 웬만한 레어 아이템보다 비싼 이유이기도 했다.

카이는 세트 아이템의 효과를 확인했다.

[세트 : 칠흑의 원한]

칠흑의 놀 방어구 한 부위를 장착할 때마다 모든 스탯 1 상승.

칠흑의 놀 방어구 한 부위를 장착할 때마다 캐스팅 시간 5%씩 감소.

칠흑의 놀 방어구 한 부위를 장착할 때마다 스킬 쿨타임 1.5% 감소.

칠흑의 놀 방어구 한 부위를 장착할 때마다 받는 대미지 0.5% 감소.

"이, 이건……!"

카이의 눈이 크게 뜨여졌다.

'터, 터졌다!'

로또, 혹은 잭팟이라 불러도 틀린 것이 아니었다.

'미쳤다, 옵션이 미쳤어.'

모든 스탯만 달려 있어도 대박이라고 할만한데 캐스팅 시간 감소와 쿨타임 감소 같은 꿀 옵션까지 달려 있다니! 그리고 받

는 대미지 감소는 애를 쓰고 찾으려고 해도 찾기가 힘든 옵션
이었다.

'게다가 칠흑의 원한 세트는 무려 6개의 부위가 한 세트.'

구하기 힘들기로 소문난 벨트까지 세트에 포함되어 있는 것
이다.

카이는 머릿속으로 계산기를 두드려봤다.

'옵션도 좋고, 이건 붉은 놀 세트 같은 양산품이 아니야. 게
다가 외형도 고급스러워서 비싼 장비만 전문적으로 모으는 콜
렉터라면 탐을 낼 만한데?'

결론은 시원하게 나왔다.

'나중에 팔게 된다면, 못 받아도 100골드 이상은 받을 수 있
어. 현금으로 1,000만 원 짜리 아이템!'

쭈욱 올라가는 카이의 입꼬리는 날개라도 달린 듯, 내려올
줄을 몰랐다. 카이는 설레는 마음으로 다음 상자를 건드렸다.

[어둠의 두개골 분쇄기 상자를 개봉하겠습니까?]

"개봉."

상자 안에는 고급스러운 묵빛이 감도는 메이스가 다소곳하
게 놓여 있었다.

카이는 무엇에 홀린 것처럼 메이스를 집어 들었다.

[어둠의 두개골 분쇄기]

등급 : 레어

공격력 72~80

주문력 68~75

힘 +5

체력 +3

공격력 10% 상승

착용 제한 : 레벨 53

내구도 100/100

설명 : 죽음의 기운이 깃들어 있는 놀 언데드 치프의 뼈로 제작된 무기입니다. 강력한 죽음의 향기는 때때로 적을 죽음의 강으로 인도할 것입니다.

[특수 효과]

일정 확률로 3배의 대미지를 입히는 '강타' 발동.

허탈할 정도로 간단한 설명이다.

하지만 터틀넥을 즐겨입던 누군가가 그랬다.

단순한 것이야말로 최고라고.

그 말은 이번에도 틀리지 않았다.

'레, 레어 아이템!'

더 이상 무슨 말이 필요한가.

다양한 능력이 자잘하게 붙어 있는 아이템보다는, 이렇게 기본적인 능력치가 좋고, 한두 개의 특수 능력의 효과를 극대화시킨 아이템이 나왔다.

"정말…… 정말 감사합니다."

카이는 저도 모르게 막심의 두꺼운 손을 잡고 위아래로 흔들었다.

"정말 마음에 듭니다. 어떻게 저런 아이템들을 이렇게 고운…… 늠름한 손으로 만드셨는지!"

"으하하하, 마음에 든다니 다행이군. 사실 나도 저 장비들을 만들면서 즐거웠네. 처음 보는 재료였던지라 오랜만에 도전정신이 제대로 발휘되었어."

막심은 카이의 어깨를 툭툭 두드려 주며 씩 웃었다.

"얼마 전에 허리가 안 좋은 우리 집사람이 자네에게 치료를 받았다고 들었네. 그래서 특별히 더 신경을 써서 만들었지."

"아아……!"

선행 스탯을 올리고자 행했던 일이 이런 식으로 돌아올 줄이야!

카이는 감격의 미소를 지으며 고개를 끄덕였다.

"그럼 다음에 또 부탁드리겠습니다."

"언제든지 맡겨만 주게."

막심이 껄껄 웃으며 대답했다.

✸

마을을 나온 카이는 곧장 인적이 없는 산기슭의 바위에 걸터앉아 심호흡을 했다.

"후우, 이게 뭐라고 떨리는지."

카이는 다시 한번 호흡을 가다듬었다.

"인벤토리 오픈."

칠흑의 원한 세트를 바라보는 것만으로도 가슴이 두근거렸다.

카이는 장비들을 하나씩 꺼내 착용하기 시작했다.

살면서 처음으로 입어보는 세트 아이템이다. 설레는 기분으로 여섯 개의 방어구를 모두 착용하자, 메시지창이 떠올랐다.

띠링!

[칠흑의 원한 장비를 모두 착용했습니다.]

[세트 옵션이 발동됩니다.]

[모든 스탯이 6 상승합니다.]

[캐스팅 시간이 30% 감소합니다.]

[스킬 쿨타임이 9% 감소합니다.]

[받는 대미지가 3% 감소합니다.]

"확실히 비싼 게 좋긴 좋네."

카이는 사람들이 왜 좋은 아이템에 환장하는지를 알 수 있었다.

고작 장비를 몇 개 바꿨을 뿐인데, 몸이 가벼워지고 전신에는 힘이 넘쳐흐른다. 카이는 곧장 어둠의 두개골 분쇄기까지 장착한 뒤, 스탯창을 확인했다.

[카이]

[직업 : 태양의 사제]

[레벨 : 54]

[칭호 : 신의 대리자]

[생명력 : 13,300]

[신성력 : 21,500]

[능력치]

힘 : 65 / 체력 : 133

지능 : 60 민첩 : 60]

신성 : 215 선행 : 33

남은 스탯 : 40

캐스팅 시간 30% 감소

스킬 쿨타임 9% 감소

받는 대미지 3% 감소

"이게 세트 아이템의 힘……."

카이가 조금 허탈한 목소리로 중얼거렸다.

자신이 아이템을 입은 것이 아니라, 아이템이 자신을 착용한 것 같은 기분마저 든다.

'이런 사치를 부리는 게 얼마 만인지.'

카이의 집은 가난과는 거리가 멀었다.

부모님은 각각의 회사를 하나씩 운영하고 계시는 사장 부부였으니까.

하지만 두 분은 자식들의 자립심을 키워준다는 명목으로 고등학교를 졸업한 이후로 용돈을 끊어버렸다. 심지어 누나인 한지혜는 부모님의 회사가 아닌, 전혀 상관없는 회사에 자력으로 취업해서 일을 배우는 중이었다.

'금수저들은 몇억짜리 시계를 차고, 몇천만 원짜리 정장을 입고 다닌다는 말을 들어본 적이 있지만, 나와는 거리가 먼 이야기였지.'

따지고 보면 카이도 금수저에 해당하지만, 부모님의 확고한 교육 방침으로 인해 평범한 사람들과 다를 바 없이 자라왔다.

'심지어 능력치도 많이 올라갔어.'

어둠의 두개골 분쇄기와 칠흑의 원한 세트를 착용하자 상승한 스탯들!

확실히 미드 온라인의 장비는 돈값을 톡톡히 한다는 것을 보여주는 상황이었다.

"보기 모드."

명령어를 내뱉자 자신에게만 보이는 거울이 주변에 나타났다. 자리에서 일어나 몸을 이리저리 돌려보던 그의 표정이 미묘해졌다.

'음, 멋있긴 멋있는데…….'

문제는 아무리 봐도 사제처럼 보이지 않는다는 점이었다. 사제는커녕 전사라고 말해야 겨우 믿을만한 모습이었다. 왜냐하면 칠흑의 원한 세트는 로브가 아니라, 뼈로 이루어진 경갑이었기 때문이다.

"뭐, 상관없나."

하지만 카이는 실용적인 성격의 소유자였다. 아이템의 외관보다는 성능만 좋다면 아무래도 상관이 없었다.

"이 정도 스펙이라면…… 가능해. 웜 리자드, 녀석의 사냥이."

"퀘스트 정보 확인."

퀘스트창을 펼치자 웜 리자드의 위치가 지도에 표시되었다. 녀석은 산맥의 깊숙한 곳에 자리 잡고 있었다.

6장
붉은 노을 길드

붉은 노을 길드는 프리카 마을에서 가장 규모가 큰 길드 중 하나다. 전체 길드원 수는 30명에, 모든 길드원은 40레벨 이상이었고, 길드 마스터인 토반은 무려 55레벨의 유저였다.

그런 이들이 다음 지역으로 넘어가지 않고 이곳에서 활동하는 이유는 단 하나였다.

[붉은 놀 세트의 독점과 양산화!]

이 모든 일의 시작은 토반의 자각 때문이었다.

'어차피 나는 랭커가 되긴 글렀다.'

게임이 오픈되고, 초기에는 그도 나름 레벨이 높았다. 하지만 시간이 지나고, 랭커들과 격차가 빠르게 벌어지면서 깨달았다.

'재능!'

그에게는 없고 랭커들에게는 있는 것.

그것이 바로 재능이었다.

비슷한 수준의 아이템과 레벨, 직업의 플레이어가 자신은 못하는 것을 너무나도 쉽게 해냈을 때, 그는 느꼈다.

'아! 난 절대 위로는 올라가지 못하겠구나.'

그때 그는 자신의 무기력함에 좌절했지만, 지금은 오히려 다행이었다고 생각했다.

'일찍이 랭커들의 플레이를 목격해서 다행이야. 어차피 오르지 못할 나무였어.'

미드 온라인 이전에도 유행했던 게임은 많았고, 토반도 타 게임에서 나름 랭커로 활동했다. 하지만 전 세계의 모든 천재 게이머와 프로 게이머들이 모이는 미드 온라인에서, 그의 실력은 통하지 않았다.

하늘 위의 하늘, 프로 중의 프로라 불리는 것이 바로 미드 온라인의 랭커들이었으니까.

토반이 일찍이 마주한 현실은, 오히려 기회의 발판이 되었다.

"덕분에 먹고살 걱정은 없으니까."

그 당시 토반이 눈독을 들인 사업이 바로 프리카 마을에서만 생산되는 붉은 놀 세트였다.

다섯 부위로 이루어진 이 세트 장비는 옵션이 준수해서 많은 유저들이 찾는 아이템이었다.

'붉은 놀은 프리카 지역에서만 나타나는 몬스터지. 이건 경쟁력이 있다!'

그는 결심을 한 직후 붉은 노을 길드를 창설하고, 길드원들을 공장의 부품처럼 돌렸다.

그렇게 생산되는 붉은 놀 세트가 무려 한 달에 10세트!

'우리 길드의 한 달 매출은 현실 기준으로 3억 정도.'

기업형 길드라는 말이 괜히 나오는 것이 아니다. 토반은 그것을 스스로 증명해냈다.

똑똑똑.

그가 한참 생각에 잠겨 있을 때, 누군가 집무실 문을 두드렸다.

"들어와라."

문을 열고 들어온 사람은 자신의 동생이었다.

"형! 진짜 이대로 두고만 볼 거야?"

전형적인 탱커의 아이템을 갖추고 있는 녀석이 인상을 쓰며 소리쳤다. 인상을 쓰자 안 그래도 못생긴 얼굴이 더 못생겨 보였다. 토반은 살짝 짜증이 난 표정으로 대꾸했다.

"무슨 일이냐, 그리고 게임에서는 길마라고 부르라고 했을 텐데."

"아 진짜, 알겠어. 길마님, 좀 도와줘!"

동생은 답답한지 가슴을 쿵쿵 치며 창밖을 가리켰다.

"그 도둑 사제 녀석, 지금 완전 마을의 영웅이 되어 있다니까?"

"흐음."

"형이…… 아니, 길마님이 저번에 그랬잖아? 평판을 높여야 마을의 대표 길드가 될 수 있다고. 그러니까 평소 행실을 조심하라고 했잖아!"

"그랬지."

이 상황이 마음에 안 들기는 토반도 마찬가지였다.

'카이라고 했었지.'

처음 이름을 들었을 때만 해도, 언제든지 손을 보면 된다고 생각하던 플레이어였다.

하지만 며칠 전, 마을의 평판 랭킹이 뒤집혀 버렸다.

원래는 평판 순위 1위가 자신이었는데, 녀석의 평판이 역주행을 시작하더니 결국 1위를 찍어버린 것이었다.

그렇다고 당장 손을 쓸 수도 없었다. 녀석은 NPC들의 거주 지역에서 주민들만 주야장천 치료하고 있었으니까.

경비병들과 태양교의 신관들도 흐뭇한 표정으로 그 모습을 바라보고 있으니, 마을 내에서 손을 대는 건 불가능했다.

"지금이 절호의 기회야. 그 녀석, 마을 밖으로 나갔어!"

"뭐?"

그 말을 들은 토반의 눈빛이 달라졌다. 그 녀석이 마을 밖으로 나갔다면 이야기가 달라진다. 마을 밖에서의 PK는 마을의 경비병이나 다른 NPC에게 들키지만 않으면 된다.

고민을 하던 토반이 신중한 표정으로 천천히 입을 열었다.

"그 사제 녀석, 레벨이 몇이라고 했지?"

"웅? 아, 나랑 마지막으로 파티를 했을 때는 47이었어."

"그 이후로 사냥은?"

"당연히 못 했지! 내가 아주 파티하면 다 죽인다고 으름장을 놓았거든."

동생은 아주 자랑이라도 하듯 신이 나서 말했다.

"흐음…… 분명 지원형 사제라고 했지."

"맞아. 전투 사제 스킬은 하나도 안 찍어났더라. 애초에 지원형 사제 스킬도 몇 개 없더라고. 그냥 물약이야."

토반이 잠시 생각에 잠겼다.

'47레벨의 지원형 사제…… 그 정도라면 우리 길드 전력으로 순식간에 처리할 수 있다.'

아무런 증거도 남기지 않을 자신이 있었다.

결국 토반은 결심을 내린 눈으로 동생에게 말했다.

"애들을 붙여줄 테니, 네가 직접 끝내."

"저, 정말? 진짜지?"

"그래, 대신 확실하게 해야 한다. 이 마을 잠시도 있기 싫을 정도로 만들어서, 아예 이곳을 떠나도록 만들어야 해."

"맡겨만 줘!"

"길드원 다섯을 붙여주지. 바로 출발해라."

"알았어, 기대해도 좋아."

만족스러운 답을 들은 동생은 희희낙락한 표정으로 방을 빠져나갔다.

'고민거리가 하나 줄어들었나.'

척살령, 미드 온라인에서는 절대 가벼운 단어가 아니었다. 필드로 나올 때마다 대상을 죽여서, 아예 게임을 접게 만들거나 다른 지역으로 쫓아내는 것이 바로 척살령의 의미였다.

"조만간 평판도 1위는 다시 내 차지가 되겠군."

토반이 무덤덤한 표정으로 중얼거렸다.

"젠장, 저 녀석은 대체 어디까지 기어들어 가는 거야?"

붉은 노을 길드의 탱커이자, 카이에게 지독한 원한을 지닌 사내. 그의 닉네임은 아우였다.

현재 그는 5명의 길드원을 대동한 채 카이의 뒤를 쫓고 있었다.

"그냥 저 녀석 덮치면 되는 것 아니야? 귀찮게 이게 뭐 하는 짓이야?"

짜증이 나는 건 그 혼자만이 아니었는지, 길드원들의 불만이 속속들이 터져 나왔다.

"맞아. 고작 사제 하나잖아? 왜 이렇게 뜸을 들이는데?"

"이쪽은 여섯 명이라고."

"애초에 저 녀석 레벨이 47이랬어. 이 중에서 그 정도 레벨 안 되는 사람이 어디 있냐고."

아우는 길드원들의 성화에 자신도 버럭 성질을 냈다.

"나도 이러고 싶어서 이러는 줄 알아? 형이 확실하게 처리하라고 했으니까 이러지!"

"우리가 놈을 죽이는 건 100% 확실한 일이야. 그리고 이 정도면 충분히 조용한 곳이잖아?"

"그래도…… 몬스터와 전투를 하고 있을 때 뒤를 덮치는 편이 확실……."

"아오! 덩치는 곰 같은데 왜 이렇게 소심해?"

결국 아우는 한숨을 쉬며 백기를 들었다.

"젠장, 알았어, 알았다고. 그럼 여기서 하자고, 그럼 됐지?"

그는 곧장 길드원에게 명령했다. 비록 레벨은 자신이 너 낮았지만, 현재 그는 길마인 형에게 지휘권을 건네받은 상태.

"일단 도적 두 명은 은신을 쓰고, 백스텝부터 갈겨. 전투 상태부터 만들자고."

"오케이."

"그렇게 나와야지."

전투 상태가 되면 로그아웃을 할 수 없게 된다.

그의 말을 알아들은 도적 두 명은 재빨리 은신 스킬을 사용하여 사라졌다.

아우는 비릿한 미소를 지으며 숨어 있던 수풀에서 일어났다.

"자, 척살을 시작하자."

자신의 등 뒤에서 위험이 다가오는 것도 모르고, 카이는 심각한 고민에 빠져 있었다.

'헬릭의 시험에서 봤던 모든 것들은…… 정말로 환영일까?'

카이가 현재 향하고 있는 장소는, 지난번 자신이 지르칸을 따라간 신전과 정반대였다.

"후우, 하지만 마일로 상단이 덮쳐진 건 사실이었는데……대체 뭐가 뭔지."

뒤죽박죽된 머리를 긁으며 걸음을 내디딘 순간, 갑자기 시야가 붉게 물들었다.

[백스텝 공격을 받았습니다.]

[치명타 발동! 1,047의 대미지를 입었습니다.]

[오염된 칼날에 의해 공격을 받았습니다.]

[372의 대미지를 입었습니다.]

[상태 이상 '중독'에 걸렸습니다.]

[3분간 초당 12의 대미지를 입습니다.]

[12의 대미지를 입었습니다.]

[12의 대미지를 입었습니다.]

"뭐, 뭐야!"

깜짝 놀란 카이가 주변을 둘러봤다. 하지만 어두운 산기슭만이 눈에 들어올 뿐, 자신을 공격한 무언가는 보이지 않았다.

재빨리 전투태세를 갖춘 카이는 큐어 스킬을 사용해 중독부터 치료했다.

'몬스터가 아니다.'

몬스터라면 자신이 공격당한 순간 미니맵이 그 위치가 드러났을 것이다. 하지만 그렇지 않다는 건, 상대가 몬스터가 아니라는 소리.

그 말은…….

'PK구나!'

혼자서 필드 밖을 배회하는 유저들을 전문적으로 공격하는 PK범들이 있다는 이야기를 지나가는 소문으로 몇 번 듣기는 했다.

'재수 없게……!'

이를 꽉 깨문 카이는 곧장 인벤토리에서 어둠의 두개골 분쇄기를 꺼내들었다.

카이는 조심스럽게 주변을 경계하며 조용히 버프를 걸었다.

"태양의 축복, 태양의 갑옷, 블레스, 성스러운 방어막."

[물리 공격력과 마법 공격력, 신성력이 증가합니다.]
[물리 방어력과 마법 방어력이 증가합니다.]
[모든 스탯이 5 상승합니다.]
[성스러운 방어막이 당신을 보호합니다.]

기습을 받아서 살짝 놀라기는 했지만, 딱히 겁이 나지는 않았다.

'어차피 이 근처에서 PK를 하는 녀석들이라면 수준이 높아 봤자 50레벨 정도겠지.'

현재 선행 스탯과 여러 버프 스킬들로 인해 60레벨의 능력치를 가볍게 상회하고 있었다.

일반적인 사제라면 그 정도 능력치로도 불안할 수 있겠으나, 자신은 아니었다. 왜냐하면 공격 능력도 빵빵한 태양의 사제가 바로 자신이었으니까.

"후후후, 너무 겁먹지는 말라고."

수풀 속에서 세 명이 모습을 드러냈다. 그중 한 명은 카이도 잘 알고 있는 녀석이었다.

"너는……? 개같이 생긴 탱커!"

"……."

"큭."

"개같이 생겼대."

"이건 적이지만 인정."

탱커와 함께 온 길드원들이 피식 웃음을 터뜨렸다. 그 모습에 얼굴이 붉게 물든 탱커는 으르렁거리며 소리쳤다.

"가, 감히 나를 그딴 식으로 부르다니. 같이 파티도 했으면서 닉네임도 모르는 거냐!?"

"뭐? 대체 무슨 소리야."

카이는 당당하게 어깨를 펴며 대꾸했다.

"나는 여성 유저가 아닌 자의 닉네임은 기억하지 않아."

"크윽……. 말도 안 되는 소리 같지만…… 반박할 수가 없군."

남자들은 모두 똑같으니까!

탱커는 이내 방패와 무기를 꺼내 들며 웃었다.

"넌 우리 아우토반 형제에게 제대로 찍혔어. 감히 누구의 물건을 건드렸는지 평생 후회하도록 해라."

"그러니까 나는 도둑이 아니라고 몇 번을…… 아니, 이제 됐어."

카이는 고개를 내저으며 설명하는 것을 포기했다.

'아예 길드원을 이끌고 PK까지 하러 온 녀석이야. 무슨 말을 해도 들어먹을 리 없지.'

동시에 카이의 눈빛이 착 가라앉았다.

'아니, 오히려 와줘서 고맙다고 해야 하나.'

카이는 방패를 앞세우고 돌진해 오는 탱커를 향해 차가운 미소를 지었다.

"안 그래도 내가 스트레스가 좀 많이 쌓여 있었거든."

샌드백이 스스로 달려오는데 마다할 이유는 없었다.

아우는 카이의 장비가 바뀐 것을 보았을 때 의문을 가졌다.

'저런 장비는 또 언제 구한 거야?'

처음에는 현질을 좀 했나 싶었는데, 보다 보니 그게 아니었다.

'잠깐, 저런 외형을 지닌 장비가 있었던가……?'

도저히 사제의 장비라고는 생각할 수 없는 경갑 방어구, 심지어 외형은 본인이 갖고 싶을 정도로 굉장히 멋있었다. 그래서 그런지 아우의 눈동자에는 탐욕이 넘실거렸다.

지르칸에게 사망하면서 투구를 드랍한 아우는 현재 투구가 절실했다.

'어차피 척살령도 떨어졌겠다. 장비들을 모두 떨어뜨릴 때까지 몇 번이고 죽여주지.'

카이가 입고 있는 장비가 벌써 자신의 것처럼 느껴졌다.

환한 달빛이 모든 플레이어를 비추고 있었지만, 단 한 사람만큼은 비추지 못했다.

바로 카이였다.

어둠과 동화라도 한 듯한 그는 제대로 집중을 하지 않으면 눈에 띄지 않았다. 칠흑의 원한 세트가 빛을 반사하지 않는 무광 흑색이었기 때문이다.

"얌전히 죽어라, 네 장비는 내가 잘 써주지. 방패 돌진!"

아우가 큰 소리로 스킬을 사용했다.

그의 몸이 마치 오토바이처럼 빠르게 산기슭을 타고 돌진했다.

그 모습을 가만히 지켜보던 카이는 타이밍에 맞춰 메이스를 휘둘렀다.

콰아앙!

거대한 폭음이 터졌고, 폭탄이라도 터진 듯 흙더미가 하늘로 치솟았다. 그 장면을 지켜보던 붉은 노을 길드원들이 깜짝 놀라 입을 벌렸다.

"뭐, 뭐야?"

"지원형 사제라며!"

"저, 전투 사제인 것 같은데?"

"무슨 개소리야? 아무리 전투 사제라도 공격력이 저렇게 높을 리가 없잖아!"

그들은 뒤이어 아우의 멍청함을 탓했다.

"저 멍청한 녀석, 지원형 사제라고 몇 번이나 말하더니!"

"애초에 우리한테 신호도 안 보내고 혼자 들어가면 어떻게 하냐고!"

하지만 지금 가장 당황한 것은 돌진을 행한 장본인인 아우였다. 그는 방패를 들고 있는 손이 저릿저릿한 것을 느끼고는 눈을 번쩍 떴다.

'헉! 순간적으로 의식을 잃을 뻔했다!'

한 방에 로그아웃을 당할 정도의 엄청난 공격력!

아우는 곧장 흙더미에 처박힌 몸을 빼낸 뒤 남은 생명력부터 확인했다.

'이, 일격에 피가 30%나 날아갔다고? 난 탱커고, 저 녀석은 사제인데?'

그는 곧장 고개를 들어 카이를 올려다봤다.

"그, 그건 대체 무슨 아이템이냐…… 얼마를 주고 사면 이런 성능을!"

"알 필요 없고."

이번에는 카이가 먼저 움직였다.

태양의 축복을 통해 모든 스탯이 증가된 그는 일반적인 사제와는 차원이 다른 움직임을 보여주었다.

메이스가 현란하게 휘둘러졌다. 방패로 이를 막는 아우의 신형이 연신 뒤로 밀려났다.

'여기서 페이크.'

눈을 빛낸 카이는 메이스를 위에서 아래로 내려찍는 척하더니, 돌연 녀석의 복부를 걷어찼다.

"커억!"

순간적으로 숨이 막힌 아우의 방패가 살짝 내려왔고, 아우의 얼굴이 그 너머로 보였다. 카이는 그 틈을 놓치지 않았다.

콰드드득!

카이의 메이스가 아우의 관자놀이에 그대로 꽂혔다.

띠링!

[강타가 발동되었습니다.]

심지어 어둠의 두개골 분쇄기에 내장된 특수 효과, 강타가 발동되었다.

"크아아악!"

비명을 내지른 아우의 신형은 가느다란 나뭇가지를 몇이나 부러트리며 빠르게 멀어졌다.

'이거 좋은데?'

카이의 시선이 메이스로 향했다.

'원래대로라면 고작 메이스를 휘두른다고 이런 공격력이 나올 리 없어.'

일정 확률로 세 배의 대미지를 입히는 강타의 힘이었다.

아우가 반강제적으로 전장에서 이탈되자 붉은 노을 길드원들이 저마다 무기를 뽑아 들며 소리쳤다.

"가, 강하다!"

"방심하지 말고 천천히 둘러싸서 죽여!"

"만약 녀석이 진짜 전투 사제라면 원거리 공격에 취약할 거야. 도적들도 근접전 대신 표창이나 단검 투척으로 거리를 두고 상대하도록 해. 마법사와 궁수는 계속해서 틈을 노리고!"

저들 중에서는 사제가 제일 노련한 유저였는지, 순식간에 상황을 파악하고는 명령을 내렸다.

'노련하네. 하지만 전제부터가 틀렸어.'

카이는 전투 사제가 아니니까, 거리를 벌려주면 오히려 고마웠다.

"홀리 익스플로젼."

콰아앙!

카이가 조용히 중얼거리자 순간 야산이 대낮처럼 밝아졌다.

"크아악!"

"뭐, 뭐냐. 이 위력은?"

단번에 체력의 40%가 증발한 사제가 입을 쩍 벌리며 경악했다.

자신도 사제였기에 가장 잘 알고 있었다.

저런 파괴력을 지닌 스킬은 사제에게 없다는 것을.

'이, 이게 대체 무슨 기술이지?'

순간 알고 있는 사제의 스킬들을 카이의 스킬과 비교해 보았지만, 비슷한 것도 없었다.

그것이 의미하는 바는 명확했다.

"히든 스킬?"

사제가 내지른 비명에 카이는 담담한 표정을 지었다.

'오해해주면 이쪽이야 편하지.'

굳이 대답해 줄 필요도 없었다.

카이가 입을 다물고 있자 사제의 의심이 확신으로 변했다.

"어, 어이. 지금 그게 급한 게 아니야. 힐이나 달라고!"

"대미지를 입어서 은신이 풀렸어. 빨리 치료를……!"

사제의 근처에 있다가 함께 홀리 익스플로전에 휘말린 도적

두 명이 지원을 요청했다.

"아, 아차. 지금 당장……."

카이의 스킬에 정신이 팔려 있던 사제가 황급히 힐 스킬을 시전하려고 했다.

'그건 안 되지.'

사제가 본격적으로 회복을 시작하면 전투는 장기전으로 접어든다.

'전투가 길어지면 내가 불리해.'

카이는 순식간에 사제에게 달려들어 메이스를 크게 휘둘렀다.

"서, 성스러운 방어막!"

와장창!

메이스 공격 한 번에 조악한 방어막은 형편없이 깨져 버렸다.

그 뒤는 쉬웠다.

'머리, 머리, 머리…….'

카이는 침착하게 메이스를 휘둘러 사제의 머리만 노렸다.

사제가 몸을 이리저리 비틀며 피하려 했지만, 기본적으로 스탯이 밀리는 그는 카이의 공격을 피해내기에는 역부족이었다.

"이, 이런……."

"무, 무슨 사제의 공격력이……."

순식간에 사제가 사망하자 도적들이 이빨을 깨물었다.

'회복 수단이 사라졌다.'

'물약이라도 마셔야 해.'

그들은 황급히 인벤토리에서 물약을 꺼내들었지만, 카이의 홀리 익스플로전이 날아와 이를 방해했다.

"젠장!"

그 짜증 섞인 목소리가 도적의 유언이 되었다.

'남은 도적은 한 놈. 지금 끝낸다.'

카이는 한번 잡은 기회를 놓치지 않고 득달같이 달려들었다.

"건방진…… 감히 사제 따위가!"

도적은 황급히 단검을 꺼내 카이와의 근접전을 준비했다.

방심해서 동료들이 당했다고는 하나, 자신의 직업은 도적.

'사제와의 근접전에서 내가 밀릴 리는 없어.'

물론 크나큰 착각이었다.

텅, 텅!

"이, 이게 무슨……?"

확실히 도적의 움직임은 재빨랐다. 카이가 공격을 한 번 적중시킬 때, 도적은 무려 세 번이나 카이의 몸을 공격했으니까.

그럼에도 불구하고 손해를 보는 것은 도적이었다.

'이 새끼 방어력이 왜 이래?'

마치 거대한 성벽과 싸우는 듯한 느낌이었다.

일반적으로 사제와 마법사는 방어력이 약하다는 인식이 있지만, 태양의 갑옷을 시전한 카이는 웬만한 탱커와 비견될 정도의 맷집을 자랑했다.

"크아아아악!"

결국 난타전의 승자는 카이였다.

도적과의 정면 승부에서 승리한 카이는 슬쩍 생명력을 확인했다.

'32%⋯⋯.'

절반도 남지 않은 생명력은 햇살의 따스함, 두 번에 100%까지 차올랐다. 그야말로 트롤 같은 회복력이었다.

한바탕 땀을 흘린 카이의 눈빛이 차갑게 가라앉았다.

'아주 작정을 하고 나왔구만.'

아우는 분명 자신을 척살하겠다고 선언했다.

만약 자신이 태양의 사제로 전직하지 못했다면?

필드로 나오는 족족 먹잇감이 되는 신세에서 벗어나지 못했을 것이다.

'생각해 보니까 기분 더럽네.'

약육강식(弱肉强食).

약자는 죽고 강자가 모든 것을 취한다는 자연의 법칙은 21세기 현대에도 여전했다.

'만약 저들이 노린 게 내가 아니라 다른 일반 플레이어였다면?'

캐릭터를 삭제하고 다시 키우거나, 비싼 돈을 들여 텔레포트 스크롤을 사거나 두 가지 선택지밖에 없었을 것이다.

그런 생각이 들자 카이의 머릿속이 깨끗해졌다.

'게임에서의 첫 PK라 약간 흥분했는데, 그럴 필요는 없겠어.'

들떴던 마음은 물이라도 끼얹은 것처럼 순식간에 가라앉았다.

"약자의 것을 강탈할 생각이었다면, 약자가 됐을 때의 각오도 해놨겠지."

"이게 대체……?"

저 멀리 날아갔던 아우가 포션병을 입에 물고 나타났다. 그는 당황스러운 표정으로 산기슭에 퍼져 있는 폴리곤들을 보며 두리번거렸다.

'설마 당했다고? 그 짧은 시간에?'

사실을 도저히 믿을 수 없었던 아우가 손을 들어 올렸다.

동시에 피잉! 무언가가 허공을 갈랐다.

푹!

카이는 자신의 심장에 박힌 화살을 물끄러미 내려다보았다.

'지원이 더 있었나?'

눈을 가늘게 뜨며 아우를 쳐다보자, 그의 뒤편에 있던 나무에서 두 명이 더 나왔다.

"너희도 있었구나."

그들은 자신과 함께 파티를 했던 궁수와 마법사였다.

"아우 님, 예상과는 많이 다릅니다."

"젠장, 저 녀석 우리랑 파티할 때는 뭔가를 숨기고 있었어."

아우가 성을 내며 카이를 노려보았다. 하지만 마법사는 여유로운 표정으로 고개를 끄덕였다.

"나름대로 한 수를 숨기고 있었던 모양입니다. 하지만 그것도 여기까지."

쿵. 들고 있던 지팡이를 바닥에 내려친 마법사가 마법을 캐스팅했다.

'저걸 기다려 줄 필요는 없지.'

카이가 마법사를 향해 일직선으로 달려가는 순간, 다섯 발의 화살이 날아와 그의 움직임을 방해했다.

일반적인 사제였다면 뒤로 물러나며 화살을 피했겠지만 카이는 그냥 맞아주며 마법사에게 달려들었다.

"이런 미친놈!"

기겁한 아우가 방패를 올리며 마법사의 앞을 막아섰다.

"두 번 당하지는 않는다. 굳센 의지!"

방패를 바닥에 고정한 아우의 몸에서 아우라가 흘러나왔다. 스킬이 발동되어 방어력이 크게 증가한 것이었다.

꽈아아아앙!

그의 방패를 두드린 카이의 인상이 일그러졌다.

'단단하다……!'

마치 강철을 두드리는 기분을 느낀 카이는 찌릿찌릿한 손목을 바라보곤 뒤로 멀찍이 물러났다.

피잉! 핑, 핑!

잠시라도 가만히 있으면 그 자리에는 화살이 날아들었다.

'이 녀석들, 하루 이틀 손발을 맞춰본 것이 아니야.'

서로가 서로의 단점을 절묘하게 보완해 주고 있었다.

그때, 길고 길었던 마법사의 주문이 완성되었다.

바닥에 그려진 여섯 개의 마법진이 환한 빛을 뿜어냈다.

"크르르."

"컹컹!"

카이는 마법진 위로 소환된 네 마리의 소환수를 보며 중얼거렸다.

"놀이라고?"

"훗."

마법사는 득의양양한 표정을 지으며 고개를 끄덕였다.

"히든 클래스라고 말하기는 뭐하지만, 저는 전직하기 까다롭다고 소문난 소환술사 퀘스트를 완료했습니다. 제가 국내에도 몇백 명밖에 없는 소환술사 중 하나라는 소리지요."

카이는 소환된 놀들을 자세히 살폈다.

'그레이 놀 네 마리. 레벨은…… 겨우 41.'

동시에 카이의 입가로 진한 미소가 내려앉았다.

"아직도 웃음이 나오다니, 정신을 못 차렸군요."

마법사가 손을 저으며 명령했다.

"저 사제를 죽이십시오!"

"컹컹!"

"크르르르!"

그레이 놀들이 침을 뚝뚝 흘리며 카이에게 달려들었다.

"당신이 한가락 한다는 건 알겠습니다. 하지만 압도적인 물량 앞에서는 소용없는 법이지요."

"압도적인 물량이라…… 재미있네."

마법사의 중얼거림을 들은 카이의 두 눈 초승달처럼 가늘게 휘었다. 동시에 입을 달싹였다.

"인벤토리 오픈. 놀 언데드 치프의 스태프 소환, 왼손에 장비."

아무것도 없던 허공에 보라색의 스태프가 생성되었고, 카이는 왼손으로 그것을 낚아챘다.

그 모습을 지켜본 붉은 노을 길드 삼인방이 어깨를 들썩이며 비웃었다.

"멍청한 녀석. 고작 무기 하나 더 장착한다고 이 상황을 뒤집을 수 있다고 생각하나?"

"지적 수준이 의심되는군요."

그들의 비웃음을 귓등으로 흘린 카이는 스태프로 바닥을 강하게 찍었다.

"돌려돌려, 돌림판!"

촤라라라라락!

동시에 눈앞에서 생성된 원판이 맹렬하게 돌아갔다. 모두가 고개를 갸웃거리며 뜬금없이 소환된 원판을 쳐다봤다.

촤라라라, 라…… 락…….

돌아가면서 서서히 감속하던 원판이 결국 정지했다. 원판의 화살표가 가리킨 숫자는 황금색으로 반짝이는 숫자 10이었다.

띠링!

[놀 스켈레톤 10마리가 소환됩니다.]

"빙고."

카이가 이를 드러내며 웃었다.

사아아아아아악!

바닥에서 열 개의 연기가 솟아오르기 시작했다.

휘이이잉.

어둡고 고도가 높은 야산의 밤공기는 서늘했다.

삼인방이 저들의 뺨을 스치는 바람이 차갑다고 느낀 순간, 어느새 연기는 바람에 실려 날아가고 있었다.

물론 연기가 있던 장소에는, 열 마리의 놀 스켈레톤들이 당당하게 자리한 상태였다.

번쩍!

그들의 두개골에서 붉은색 안광이 터져 나왔다.

붉은 노을 길드 삼인방은 패닉에서 쉽게 빠져나오지 못했다.

"무슨 말도 안 되는!"

"저 녀석 사제 아니었어?"

"이, 이럴 리가 없습니다!"

사제가 죽음의 기운을 품고 있는 언데드를 소환하다니, 일반적인 상식으로는 있을 수 없는 일이었다.

아우는 곧장 방패로 앞을 막으며 뒤를 돌아봤다.

"괜찮아, 쫄 필요 없어. 그래 봤자 몬스터 열 마리…… 충분히 이길 수 있다!"

"그럼 뒤쪽에서 지원할게!"

마법사와 궁수가 재빨리 주문을 외우고 시위를 당겼다.

아우는 가슴을 쭉 펴며 고함을 내질렀다.

"크허어어어엉!"

찌렁찌렁한 소리가 야산을 뒤흔들었다.

동시에 카이의 눈앞에 메시지가 연달아 떠올랐다.

[상태 이상 '도발'에 걸렸습니다.]
[공격 대상으로 플레이어 '아우'만을 지목할 수 있습니다.]

"흠. 햇살의 따스함."

[생명력이 회복됩니다. 모든 상태 이상 효과를 제거합니다.]
[상태 이상 '도발'이 해제됩니다.]

콰아아앙!

카이가 상태 이상을 제거하는 사이에 놀 스켈레톤들은 아우와 격돌했다.

"크으윽…… 괜찮아! 이 정도면 버틸 수 있어. 굳센 의지, 방패 강화, 방패 밀치기!"

아우는 온갖 스킬을 시전하며 생각보다 잘 버티는 중이었다.

게다가 뒤쪽에서는 계속해서 마법사와 궁수의 공격이 날아드니, 결국 두 마리의 놀 스켈레톤이 순식간에 삭제되었다.

'도와줘야겠네.'

상황을 지켜보던 카이는 가만히 있어서는 안 되겠다고 판단하고는 곧장 스킬을 사용했다.

"태양의 축복, 태양의 축복, 매스 블레스."

위이이잉!

본래 언데드는 신성력을 받아들이지 못하는 저주받은 존재다. 하지만 소환수로 취급되는 지금은 달랐다.

번쩍!

놀 스켈레톤들이 들고 있던 단검과 그들의 뼈가 빛나기 시작했다. 그 현상을 눈앞에서 목도한 아우가 가장 먼저 당황한 목소리로 말했다.

"이건 대체……?"

그 순간부터 놀 스켈레톤들의 움직임이 달라졌다. 공격 속도가 빨라지고, 단검에 실린 힘은 더욱 강해졌다.

그뿐만이 아니었다.

"이, 이 녀석들 방어력이 왜 이렇게 높아졌어!"

"크윽, 마법 대미지도 잘 안 들어가기 시작했습니다!"

태양의 갑옷을 두른 놀 스켈레톤들의 물리 방어력과 마법 방어력이 이전보다 훨씬 높아진 것이다.

그 증거로 생명력이 줄어드는 속도가 눈에 띌 정도로 느려졌다.

"대체 이런 말도 안 되는……!"

붉은 노을 길드는 항상 포식자였고, 그 상대방은 항상 피식자였다. 프리카의 누구도 부정하지 않는 그 단순한 룰에 균열이 생겼다.

"애초에 여섯 명이었을 때 확실히 처리를 해야 했습니다."

마법사는 패색이 짙은 전장을 바라보며 자신들의 방심을 후회했다. 하지만 그것을 깨달았을 때는 이미 너무 늦어버린 상태였다.

"크아아아악!"

혼자서 놀 스켈레톤을 열심히 막던 아우가 비명과 함께 사망했다.

이어서 여덟 마리의 놀 스켈레톤들은 마치 저승사자라도 된 것처럼 마법사와 궁수에게 다가갔다.

전투가 끝나는 순간이었다.

"위험했어."

1대 6의 싸움을 승리로 끝낸 카이가 중얼거렸다.

아우와 아칸, 그리고 엑스트라 궁수의 연계는 상당히 좋았다. 잠깐이지만 밀리고 있다는 생각이 들 정도였으니까.

'혼자 다니니까 이런 일도 생기는구나.'

전투가 끝나자 후련했지만, 동시에 걱정도 되었다.

'붉은 노을 길드라.'

카이도 프리카 마을에서 활동을 했으니 그 이름을 모르지는 않았다.

굉장히 귀찮은 녀석들과 엮였다.

'퀘스트가 끝나는 즉시 다른 지역으로 이동해야겠어.'

태양의 사제는 확실히 밸런스를 씹어먹는 사기성 직업이 맞다. 하지만 이 직업은 선행 스탯을 충분히 쌓을 시간이 주어졌을 때 비로소 완벽해지는 직업이다.

즉, 대기만성형 직업이었다.

'지금 붉은 노을 길드와 정면으로 붙는 건 무리야.'

다양한 방법을 생각해 봤지만, 도저히 자신이 없었다.

"이런 걸 시기상조라고 하지."

지금은 힘을 기를 때였다.

물론 자신을 척살하려고 한 그들의 행위는 절대 잊지 않을 것이다.

'내가 성장하는 동안에 게임을 실컷 즐겨라.'

그 이후로는 게임을 즐길 수 없을 것이다.

자신이 그렇게 만들어 줄 테니까.

"그럼 정산이나 좀 해볼까."

카이는 폴리곤 덩어리로 변해 있는 플레이어들 주변을 뒤적거리며 드랍된 아이템을 주웠다.

"마법사랑 궁수는…… 꽝인가."

미드 온라인에서는 다른 플레이어에게 죽임을 당하면, 착용하고 있던 아이템 중 하나가 떨어질 확률이 높았다. 그것이 전

232 힐링령
태양의 사제 1

문적인 PK범이 양산되는 이유이기도 했다.

수많은 유저들이 페가수스사에 항의를 했으나, 그들은 침묵으로 일관했다.

"뭐, 애초에 게임 슬로건 자체가 자유로운 삶이니 어쩔 수 없나."

카이는 어깨를 으쓱거리며 다른 아이템들을 감정했다.

"도적 두 사람이 각각 노말 아이템이랑 매직 아이템 하나. 그리고 사제가 노말 아이템 하나……."

경매장에 처분하면 그래도 몇십 만 원은 넘게 받을 수 있다.

그러던 찰나, 카이의 눈에 번쩍번쩍 빛나는 방패 하나가 눈에 들어왔다.

"이거 설마?"

카이는 황급히 방패를 들어 올렸다.

[강철 방패]

등급 : 레어

물리 방어력 424

마법 방어력 411

착용 제한 : 레벨 45, 힘 100

내구도 47/100

"레, 레어 방패!"

아우 녀석이 쓰던 방패였다.

'대박이다!'

방패는 수요에 비해 공급이 적은 물건 중 하나였다.

'100만 원은 넘겠지? 잘하면 120까지 가려나?'

예상치 못한 수익에 웃음을 지은 카이는 방패를 냉큼 인벤토리에 넣었다.

"열 좀 받겠어."

의도한 건 아니지만, 결과적으로는 그는 자신과 엮여 레어 아이템을 두 개나 드랍한 것이다.

"꼴좋다."

카이가 배를 잡으며 웃었다.

"후우, 후우. 엄청 높네."

그 뒤로 한 시간을 더 걸어 올라가자 봉우리의 정상에 도착할 수 있었다. 사방이 탁 트인 산의 정상에는 제단이 하나 세워져 있었다.

"이런 데 왜 제단이……."

제단은 오랫동안 사용되지 않은 티가 났다.

알아보는 건 그리 어렵지 않았다.

신전의 기둥은 군데군데 녹슬어 있었고, 제사 도구들이 바닥에 굴러다녔다.

"흐음."

주변을 둘러보며 제단의 중앙에 다가간 카이는 거대한 종을 하나 발견했다.

'이걸 울려야 하나?'

카이는 메이스로 종을 두드렸다.

우우우웅! 우우우우웅!

종소리는 곧장 메아리가 되어 산맥을 뒤흔들었다. 마치 산이라는 거대한 악기를 연주하는 듯한 장엄한 기분이 들 정도였다.

그때였다.

드드드드득.

'진동……!'

산이 쉴 새 없이 흔들렸다.

'뭔가 온다!'

카이가 뒤로 몇 발자국이나 물러나자, 기다렸다는 듯이 땅에서 무언가가 솟구쳤다.

"캬아아아아아아악!"

비산하는 흙더미와 함께 모습을 드러낸 건 웜 리자드였다.

그 크기는 2층짜리 건물과 비교될 정도로 압도적이었다.

띠링!

[프리카 산맥의 지배자, 웜 리자드가 출현했습니다.]

"웜 리자드가 원래 저렇게 컸나?"

다짜고짜 열 살배기 꼬맹이 앞에 헤비급 복싱 챔피언이 나타난 꼴이었다. 하지만 불평을 토해낼 시간은 주어지지 않았다.

웜 리자드는 날카로운 이빨이 빼곡하게 솟아 있는 제 입을 앞세운 채 제단을 둘러봤다.

그리고 이내 제물이 없다는 것을 깨닫고는 분노했다.

"캬아아악!"

녀석의 머리가 카이를 집어삼킬 것처럼 날아들었다.

지렁이같이 생긴 녀석의 몸은 파충류의 비늘이 빼곡히 뒤덮고 있어 물리 공격이 잘 통하지 않았고, 입 주변에는 빨판과 함께 날카로운 송곳니들이 셀 수도 없이 박혀 있어 한 번만 물려도 죽을 수가 있었다.

'물리면 끝이다!'

카이는 이성이 아닌 본능의 영역에 속하는 그 무언가에 홀린 것처럼 몸을 던졌다. 그 행동이 목숨을 살렸다.

콰아앙! 와그작! 와그작!

웜 리자드는 나무와 바위를 가리지 않고 그대로 씹어먹었다.

이를 본 카이의 안색이 굳어졌다.

'와, 페가수스가 미친 거 아니야? 저딴 걸 어떻게 상대하라고?'

상상 이상으로 압도적인 위압감에 랭커들이 대체 녀석을 어떻게 죽였는지 궁금할 정도였다.

'……일단 계획대로 움직이자.'

침을 꿀꺽 삼킨 카이는 곧장 스태프를 사용해 놀 스켈레톤들을 소환했다.

그가 유일하게 믿는 것이 이것이었다.

'소박하게 다섯 마리 정도만 나와줘도 할 만해.'

소환된 놀 스켈레톤에게 버프를 걸어주고 그들과 함께 웜 리자드를 사냥하는 것.

그것이 카이의 계획이었다.

촤라라락…….

맹렬하게 돌아가던 원판이 멈춰섰다.

띠링!

[놀 스켈레톤 1마리가 소환됩니다.]

"에이, 씨!"

안 될 때는 뭘 해도 안 되는 법!

카이는 신속히 놀 스켈레톤 한 마리에게 버프를 걸어줬다.

"태양의 축복! 태양의 갑옷! 빛의 방어막! 블레스!"

딱딱딱!

모든 버프를 두른 놀 스켈레톤은 제법 늠름해 보였다.

카이는 녀석의 빈약한 어깨뼈를 꽈악 움켜쥐고는 그의 텅 빈 눈가를 쳐다봤다. 그의 뜨거운 시선을 받은 놀 스켈레톤이 고개를 갸웃거렸다.

"지금부터 네 이름은 톰이다. 톰! 넌 할 수 있는 아이야, 그렇지?"

딱딱딱!

톰이라는 촌스러운 이름이 생긴 놀 스켈레톤은 충성스럽게 턱뼈를 주억거렸다. 처음으로 갖게 된 이름이 마음에 들었는지, 녀석은 갈비뼈를 연신 흔들어댔다.

그 모습을 쳐다보던 카이가 무겁게 고개를 끄덕였다.

"톰, 최대한 오래 버텨! 너만 믿는다."

딱딱!

엄지를 척 하고 올린 톰이 위풍당당하게 돌진했다.

"캬아아아아아악!"

윕 리자드는 자신에게 달려오는 톰을 향해 아가리를 벌렸다.

딱딱딱!

"캬아악!"

톰은 웜 리자드에게 겁먹지 않고 용감하게 단검을 휘둘렀다.

동시에 웜 리자드가 입을 쩍 벌렸다.

와그작!

[놀 스켈레톤이 1,240의 대미지를 입었습니다.]

[놀 스켈레톤이 1,221의 대미지를 입었…….]

[놀 스켈레톤이 소환 해제되었습니다.]

"토오오오오오오옴!"

카이는 절규 어린 목소리로 울부짖었다.

톰과 만난 지 무려 7초.

짧은 시간이었지만 그와의 전우애는 남달랐다.

'풀 버프를 둘렀는데 10초도 못 버틴다고?'

카이는 등 뒤에서 흐르는 식은땀을 느끼며 침을 한번 크게 삼켰다.

그런데 그때, 갑자기 웜 리자드의 움직임이 뚝 하고 멈췄다. 녀석은 마치 발작이라도 하듯 몸을 부르르 떨더니, 고개를 축 늘어뜨렸다.

"뀨우웅……."

"응?"

상황을 파악하지 못한 카이가 고개를 갸웃거리자, 의외의 메시지가 떠올랐다.

띠링!

[웜 리자드가 오래된 뼈를 먹었습니다.]
[웜 리자드가 식중독에 걸립니다.]
[웜 리자드의 식욕이 저하됩니다.]
[웜 리자드의 모든 능력치가 30% 저하됩니다.]

"어?"

할 말을 잃어버린 카이는 멍하니 메시지를 반복해서 읽었다.

7장
프리카의 영웅

　카이는 눈앞에 떠오른 황당한 메시지들을 쳐다보다가 뒤늦게 정신을 차렸다.

　"거, 게임 한번 이상한 데서 현실적이네!"

　"뀨웅……."

　시름시름 앓으며 고개를 붕붕 젓는 웜 리자드.

　'상황이 웃기긴 하지만, 기회다.'

　카이는 망설이지 않고 손가락을 녀석에게 겨누었다.

　"홀리 익스플로젼!"

　콰아아앙!

　"끼에에엥!"

　머리를 얻어맞은 웜 리자드가 고통에 몸을 이리저리 꿈틀댔다. 녀석의 커다란 몸이 꿈틀거릴 때마다 제단이 무너지고 산이 뒤흔들렸다.

'대미지는 생각보다 잘 박히는데?'

공격 한 번에 녀석의 생명력은 10%가량 깎여 나갔다.

'덩치가 너무 커서 몇 시간은 전투를 해야 할 거라고 생각했는데⋯⋯.'

그것이 아니었다.

'덩치가 산만 해도 어차피 게임인 이상 레벨의 한계를 뛰어넘을 수는 없다는 건가?'

빌딩만 한 크기의 슬라임이라고 해도, 레벨이 1이라면 10레벨의 초보자에게 사냥당할 수 있다는 소리였다.

'그래. 애초에 게임이라는 게 이런 세계였지.'

레벨과 아이템, 스킬 숙련도와 약간의 컨트롤, 그것만으로 체급 같은 건 손바닥 뒤집듯 뒤집어 버릴 수 있는 비합리적인 세계.

'그렇게 생각하면 겁을 먹을 필요가 없어.'

물론 덩치가 크면 공격 범위가 넓으니 위협적이기는 했다. 하지만 처음 느꼈던 위압감이나 시각적 두려움은 크게 해소되었다.

"스탯 자체는 나와 비슷할 거야."

심지어 웜 리자드는 손과 발이 없는 지렁이, 거기에 더해 지금은 식중독 환자이기도 하다.

'별거 없잖아?'

자신감을 되찾은 카이는 메이스를 꼬나쥔 채 녀석에게 달려들었다.

콰득!

그리곤 마치 암벽을 등반하듯, 웜 리자드의 비늘을 붙잡고 쭉쭉 올라가기 시작했다.

'비늘이 박혀 있어서 올라가기 편해.'

마치 처음부터 이런 용도로 만들어 놓은 것 같이 편안했다. 그리고 그것은 사실이기도 했다. 우연히 얻어걸린 것이었지만, 현재 카이는 웜 리자드를 굉장히 효율적인 방법으로 공략하는 중이었다.

"뀨에에에엥!"

카이가 자신의 몸을 타고 올라오자 웜 리자드가 몸을 거칠게 흔들었다. 그때마다 롤러코스터를 타는 기분이 들었지만, 카이는 비늘을 붙잡고 악착같이 버텼다.

결국 카이는 웜 리자드의 머리 부분까지 올라갔다.

"허억, 허억."

녀석의 머리 위로 올라서자 한 쌍의 더듬이가 보였다.

'딱 봐도 저곳이 약점이네.'

단단한 비늘로 뒤덮인 몸통과는 달리, 길쭉한 더듬이는 방어에 취약해 보였다.

카이는 망설이지 않고 더듬이를 공격했다.

[급소를 공격하여 1,150의 대미지를 입혔습니다.]
[급소를 공격하여 1,217의 대미지를 입혔습니다.]
[강타가 발동되었습니다. 3,519의 대미지를 입혔습니다.]

웜 리자드의 생명력이 순식간에 줄어들기 시작했다. 카이는 물 만난 고기처럼 메이스를 휘둘렀다.

"끼에에엥!"

웜 리자드는 카이를 떨어뜨리려고 무던히 몸을 흔들었지만, 카이는 절대로 떨어지지 않았다.

'놓는 순간 끝난다.'

다시 올라올 수 있을 거라는 보장이 없었다.

'그러니 올라온 김에 끝낸다.'

카이의 악바리 같은 근성에 질린 웜 리자드가 선택한 것은 도주였다. 싸우다가 불리하다 싶으면 도망을 치는 것이 미드 온라인의 몬스터가 지닌 졸렬한 특징 중 하나였다.

"크윽……!"

웜 리자드는 자신이 올라온 구멍으로 다시 들어갔다.

'떨어지면 끝난다!'

주변에서 붙잡을 것을 찾던 카이는 저도 모르게 녀석의 더

듬이를 꽈악 움켜쥐었다.

"끼에에엥!"

자신의 급소를 붙잡힌 웜 리자드는 깜짝 놀라 더욱 빠른 속도로 내려가기 시작했다.

드드드드득!

"크으으윽!"

내려가는 길은 순조롭지 않았다.

벽면에 돌출되어 있는 돌멩이, 암석들과 충돌할 때마다 생명력이 줄어들었다.

띠링!

[돌부리에 걸려 50의 대미지를 입었습니다.]

[암석에 부딪혀 120의 대미지를 입었습니다.]

[뾰족한 돌멩이에 찔려 170의 대미지를 입었습니다.]

[파상풍에 걸렸습니다. 초당 100의 대미지를 입습니다.]

"……."

카이가 파상풍에 걸려 죽은 최초의 플레이어가 되기 직전, 길었던 구멍이 끝났다.

쿠우우웅!

"크윽!"

웜 리자드가 떨어진 곳에는 흙먼지가 자욱하게 피어올랐다.

"쿨럭, 쿨럭!"

카이는 곧장 생명력을 확인했다.

웜 리자드를 쿠션으로 삼았음에도 불구하고 남은 생명력은 고작 2% 남짓이었다.

"햇살의 따스함, 햇살의 따스함!"

황급히 치료를 마친 카이는 웜 리자드를 경계했다.

"죽었나?"

카이는 메이스로 녀석의 비늘을 쿡쿡 찔러보았지만, 그 어떤 미동도 없었다.

"후우."

그제야 안도의 한숨을 내쉰 카이는 경험치 바를 확인했다.

'잠깐, 그대로잖아.'

순간 소름이 끼치며 등줄기가 오싹해졌다.

웜 리자드가 죽었다면 경험치가 들어왔을 터.

'이 녀석, 안 죽었다……!'

카이는 황급히 몸을 돌리며 동시에 홀리 익스플로젼을 캐스팅했다.

"캬아아아아악!"

몸을 돌린 카이의 시야를 가득 채운 건 거대하게 벌려진 입과, 그 안을 빼곡하게 매운 이빨이었다. 웜 리자드가 카이를 한 입에 집어삼키기 직전, 캐스팅이 끝났다.

"홀리 익스플로젼!"

빛줄기가 녀석의 내부를 그대로 관통했다.

드드드드!

잠시 몸을 떨던 녀석의 머리가 옆으로 기울더니, 곧 엄청난 흙먼지를 일으키며 쓰러졌다.

"허억, 허억."

하지만 카이는 방심하지 않고 녀석을 경계했다.

다행히도 이번에는 확실히 죽은 것이 맞는지, 메시지창이 떠올랐다.

띠링!

[레벨이 오릅니다.]

[스탯 포인트를 5개 획득합니다.]

[산맥의 지배자인 '웜 리자드'를 단독으로 처치했습니다. 명성이 150 증가합니다.]

[스페셜 칭호 '웜 리자드 슬레이어'를 획득합니다.]

"후우……."

그제야 긴장이 풀린 카이가 바닥에 주저앉았다.

비록 톰의 크나큰 희생이 있기는 했지만, 레벨 65짜리 웜 리자드를 혼자서 해치웠다. 그 사실이 카이를 뿌듯하게 만들었다.

"그나저나 웜 리자드 슬레이어라니, 처음 들어보는 칭호인데……."

곧장 칭호 도감을 확인한 카이의 눈이 커졌다.

[웜 리자드 슬레이어]

등급 : 스페셜

내용 : 웜 리자드를 단신으로 사냥한 55레벨 이하의 유저에게 주는 칭호

효과 : 체력 +10(이 효과는 칭호를 착용하지 않아도 적용됩니다.)

"스페셜 칭호라고?!"

카이가 믿을 수 없다는 목소리로 소리쳤다.

그는 칭호에 대한 설명을 읽고 또 읽었다.

'스페셜 칭호는 랭커의 전유물이라고 불리는 칭호잖아. 이걸 내가 얻게 되다니?'

미드 온라인의 누적 가입자 수는 5억을 웃돈다고 알려져 있다. 그들은 레벨을 올리고, 비슷한 아이템을 갖추며, 별 차이 없는 스킬을 익힌다.

여기서 개발사인 페가수스사는 고뇌했다.

'결국 모두가 똑같은 존재가 되어버린다면, 대체 게임에 무

슨 재미가 있는가?'

그들은 미드 온라인이 항상 최고의 자리에 군림하기를 원했고, 결국 한 가지 독특한 시스템을 내놓았다.

그것이 바로 스페셜 칭호 시스템.

말 그대로 특별한 업적을 달성한 이에게 제공되는, 희귀한 칭호이다. 이 스페셜 칭호의 종류는 무수히 많지만, 중복 획득은 불가능했다. 한마디로 '웜 리자드 슬레이어' 칭호는, 전 세계에서 카이만이 소유하고 있다는 소리였다.

카이의 눈이 밝게 빛났다.

그의 말처럼, 스페셜 칭호는 랭커만을 위한 시스템으로 여겨졌다. 최초, 그리고 최고 이 두 가지 조건을 만족시켜야만 얻을 수 있었기 때문이다.

'쓸 만한 업적은 모두 랭커들이 쓸어갔다고 생각했는데……'

곰곰이 생각해 보면 그것은 전제부터가 잘못되었다. 랭커들은 항상 서로를 견제하고, 경쟁한다. 하루, 아니 몇 시간이라도 사냥을 못 하면 랭킹에서 주르륵 밀려나는 것이 미드 온라인의 현실이다.

결국 랭커라는 존재들은 평생을 치열한 경쟁 속에서 살아가야 하는 자들이다.

'그런 이들이라면 도박을 절대 안 하겠지.'

웜 리자드를 혼자 잡으면 스페셜 칭호를 준다는 걸 과연 그들이 확신할 수 있었을까?

'아니, 못 해.'

그들은 확신이 없으면 움직이지 않는 존재들이다. 자칫하다가 죽기라도 하면 그 손해가 막심하니까.

랭커란 시간이 돈이고, 금보다 시간이 비싼 자들.

"그렇게 생각해 보면 나에게도 아직 기회는 있어."

랭커들이 미처 회수하지 못하고 지나친 스페셜 칭호 중에서 아직 후발주자들의 능력으로는 획득하기 힘든 것들. 자신은 그것들을 독점해야 했다.

그것이야말로 랭커들의 턱밑까지 바짝 추격할 수 있는 유일한 돌파구였다.

"웜 리자드 슬레이어라……."

랭커들이 눈에 불을 켜고 스페셜 칭호를 얻으려는 이유는 단 하나뿐이었다.

보통의 칭호는 하나만 장착이 가능하다. 장착하지 못한 칭호의 효과는 받지 못하는 것이 기본 상식, 하지만 스페셜 칭호는 다르다. 무려 장착하지 않아도 칭호의 효과를 고스란히 캐릭터에 적용할 수 있었다.

"체력이라서 아쉽긴 하지만, 10개나 올려주니 한번 봐준다."

카이는 곧장 스탯창을 확인했다.

[카이]
[직업 : 태양의 사제]
[레벨 : 55]
[칭호 : 신의 대리자]
[생명력 : 13,300]
[신성력 : 21,500]

[능력치]
힘 : 65 / 체력 : 143
지능 : 60 / 민첩 : 60
신성 : 215 / 선행 : 33
남은 스탯 : 45
캐스팅 시간 30% 감소
스킬 쿨타임 9% 감소
받는 대미지 3% 감소

스페셜 칭호로 인해 체력 스탯이 10개나 오른 것이 눈에 들어왔다.

'누가 이걸 보고 사제의 스탯창이라고 생각하겠어?'

웬만한 30레벨 전사는 주먹으로 후드려 팰 수 있는 수준!

"하지만 여기서 끝이 아니지."

아직 웜 리자드가 남긴 전리품이 남아 있었다.

카이는 웜 리자드에게 다가가 무너진 폴리곤 덩어리를 가볍게 터치했다.

[웜 리자드의 비늘 50개를 획득합니다.]
[웜 리자드의 가죽 45개를 획득합니다.]
[웜 리자드의 이빨 75개를 획득합니다.]
[웜 리자드의 응고된 혈액 87개를 획득합니다.]

"몬스터는 곧 돈이라더니. 틀린 말이 아니네."

이 재료들을 가지고 새로운 장비와 포션을 만들 수 있을 것이다. 그리고 그 장비들은 돈이 되어 자신의 지갑을 두둑하게 만들어 줄 터!

만족스러운 미소를 지은 카이는 전리품을 회수한 뒤 고개를 돌렸다.

"자, 그럼……."

슈우욱!

그의 손바닥 위에서 사제의 기본 스킬인 신성한 빛이 떠오르더니 어둡던 내부를 밝혔다. 웜 리자드의 둥지는 반구 형태로 커다란 돔 모양의 동굴이었다.

그곳에는 길이 하나 나 있었다.

'과연 같은 장소일까.'

이곳이 헬릭의 시험을 치렀던 장소라면, 자신은 해야 할 일이 있었다.

신성한 빛 덕분에 어둡지는 않았으나, 동굴 특유의 적막감 때문에 괜히 오한이 들었다.

'폐가를 탐험하면 이런 기분일까.'

해본 적은 없지만, 을씨년스러운 산골짜기의 폐가를 탐험하는 기분이었다. 눈을 가릴 쿠션이 없으면 공포 영화도 보지 못하는 카이로서는 반갑지 않은 곳이었다.

내부를 천천히 걸어가던 카이의 눈에 낯익은 장소가 보였다.

"여긴……."

순식간에 앞으로 달려간 카이는 주변을 둘러보더니 고개를 끄덕였다.

'확실해. 헬릭의 시험에서 데이록이 몸을 기대고 있던 벽이다.'

단순히 비슷하게 생긴 장소라고 하기에는 바위의 위치나 생김새가 똑같았다.

"하지만……."

데이록이 깔고 있던 모포나 모닥불을 피운 흔적은 일절 없었다.

카이는 더 안쪽으로 들어갔다. 길눈이 밝은 그가 에이미와 처음 만났던 장소에 도착하는 것은 어렵지 않았다.

"아무것도 없네."

시체도, 뼈도, 그 어떠한 흔적도 보이지 않았다.

'같은 공간일 뿐. 환상이었구나.'

사실은 확인하자 안도감이 밀려들었다.

"후우, 다행이다."

그것이 모두 환상이라는 건, 에이미가 꽃다운 나이에 이 차디찬 바닥에서 죽지 않았다는 소리였으니까.

'그럼 이제……'

고개를 돌린 카이의 입가에 미소가 내려앉았다.

잊혀진 신전과 연결되는 포탈이 여전히 빛나고 있었기 때문이다.

'역시 장소 자체는 같아.'

망설임 없이 그곳으로 들어가자, 익숙한 장소가 눈에 들어왔다.

카이는 이제 익숙하게 부하들을 소환했다.

[놀 스켈레톤 6마리가 소환됩니다.]

이 정도면 충분했다.

카이는 그들에게 버프를 걸었다.

딱딱딱!

따다닥!

기쁘다는 듯 턱뼈를 움직이는 놀 스켈레톤들!

카이는 그 모습이 기특하다는 듯 싱긋 웃으며 턱을 까딱였다.

"자, 그럼 이제 수색해."

딱, 따닥?

"목표는 아이템이다."

명령을 받은 놀 스켈레톤들이 꽤 넓은 방을 뒤지기 시작했다. 무너진 벽면이나 부서진 돌덩이를 뒤집으며 아주 샅샅이 수색했다.

3분이 흘렀을까. 놀 스켈레톤 하나가 제법 고급스러워 보이는 투구를 들고 카이에게 달려왔다.

"오!"

확실했다.

카이는 그것이 아우의 투구였다는 것을 기억해냈다.

"아이템 감정."

[강철 투구]

등급 : 레어

물리 방어력 320

마법 방어력 289

착용 제한 : 레벨 45, 힘 93

내구도 2/84

"역시."

레벨 제한 45의 레어 투구! 최소 100만 원은 받을 수 있는 레어 아이템이다.

카이는 투구를 발견한 놀 스켈레톤을 칭찬했다.

"잘했어, 넌 수색 작업에서 열외다. 푹 쉬렴."

덜그럭, 덜그럭!

어깨뼈를 들썩이며 기뻐하는 놀 스켈레톤!

그 모습을 바라보던 다른 놀 스켈레톤들의 움직임이 빨라지기 시작했다.

'역시 건전한 경쟁은 일의 능률을 높이는 법이지.'

카이는 흡족한 미소를 지으며 느긋하게 기다렸다.

이어서 나머지 두 개의 레어 아이템도 그의 수중에 들어왔다.

[미풍의 신발]

등급 : 레어

물리 방어력 95

마법 방어력 87

이동 속도 +25

민첩 +3

착용 제한 : 레벨 46, 민첩 100

내구도 15/97

설명 : 바람의 힘이 미약하게나마 깃든 신발입니다. 신는 것만으로도 이동속도가 빨라집니다.

[학자의 장갑]

등급 : 레어

물리 방어력 87

마법 방어력 82

지능 +2

주문력 5% 상승

착용 제한 : 레벨 43, 지능 90

내구도 7/79

설명 : 고명한 학자이자 마법사였던 '스티그마'가 강의를 할 때 즐겨 쓰던 장갑입니다. 그의 경험이 깃들어 있어 사용자의 주문 완성도를 약간 높여줍니다.

"······!"

카이는 이제야 왜 그들이 자신을 잡아먹지 못해 안달이었는지 이해했다.

"이런 아이템들을 드랍했다면, 눈이 돌아갈 만하지."

물론 그것이 그들을 용서해 줄 이유가 되지는 않았다.

"자, 그럼 이제 가자."

이 아이템들은 이제 각자 주인의 품으로 떠나야만 했다.

"얼마에 팔리려나?"

물론 돈 많은 새 주인의 품으로 떠날 것이다.

카이는 산을 내려오는 내내 긴장감을 늦추지 못했다.

혹시나 붉은 노을 길드에서 다른 길드원들을 보낸 건 아닐까 걱정이 되었던 탓이다. 그래서 프리카 마을에는 점심 무렵이 되어서야 도착할 수 있었다.

"그래도 무사히 돌아왔네."

카이는 안도의 한숨을 내쉬며 인벤토리를 다시 한번 열어봤다. 번쩍이는 레어 아이템의 모습만 봐도 배가 저절로 불러왔다.

'우선 경매장에 등록하는 건 나중에 해야겠다.'

경매장 특성상 판매자와 구매자의 정보는 모두 익명 처리된다. 하지만 아마도 경매장 주변엔 붉은 노을 길드원들이 쫙 깔려있을 것이다.

'괜히 긁어 부스럼을 만들 이유는 없지.'

며칠 후에 판다고 가치가 떨어지는 것도 아니었다.

카이는 아이템들을 안전하게 다른 장소에서 팔기로 결정했다. 카이는 살짝 아쉬운 마음을 뒤로하고 곧장 대장간으로 향했다.

막심은 잠시 의자에 앉아 땀을 닦으며 목을 축이고 있는 중이었다.

"왔나? 요즘 자주 보는 것 같군."

"하하, 그러네요. 오늘도 좋은 재료를 구해왔습니다."

"오, 그런가? 그럼 우선 재료부터 보도록 하지."

대장장이 막심은 웜 리자드가 남긴 전리품들을 자세히 살펴봤다. 그것들을 유심히 살펴보던 그는 고개를 절레절레 흔들었다.

"자네라서 해주는 말이니 새겨듣게. 이 재료들을 들고 더 큰 도시에 가게나. 그곳이라면 이곳에서 만드는 것보다 더 높은 품질의 장비를 만들 수 있을 거야. 시설이 열악한 이런 시골에서 온전히 다룰 수 있는 재료들이 아니거든."

"아……!"

한마디로 여러 가지 여건이 충분하지 못해 이 재료들을 완벽하게 다룰 수가 없다는 뜻이었다.

카이는 아쉬운 표정으로 재료들을 회수했다.

"그럼 아저씨의 말처럼 도시로 가야겠군요."

"솔직히 말해서 나도 아쉽네. 하지만 그게 자네를 위해서는 더 좋은 선택일 거야."

"충고해 주셔서 감사합니다."

"뭘. 다른 도시에서도 지금처럼 행동한다면, 자네를 좋아하는 사람들이 또 잔뜩 생길 걸세."

만약 카이의 마을 평판이 높지 않았다면 절대 해주지 않았을 충고였다. 카이는 감사한 마음으로 인사를 하고는 대장간을 나왔다.

'그럼 더 이상 이 마을에 있을 이유는 없어.'

이제 촌장인 분터에게 가서 퀘스트 완료를 보고하면, 더 이상 붉은 노을 길드가 도사리고 있는 이곳에 머무를 이유가 없었다.

레벨도 다음 지역으로 건너가기에 적당한 레벨이 되었으니, 더 큰 세상으로 갈 시간이었다.

"우선은 퀘스트 완료부터."

카이는 촌장의 집 쪽으로 향했다.

"고맙네, 정말 고마워! 자네야말로 이 마을의 영웅일세!"

띠링!

[프리카 마을을 구하라! 퀘스트를 성공적으로 완료했습니다.]

[경험치 110,000을 획득합니다.]

[10골드를 획득합니다.]

[프리카 마을의 모든 유료시설을 무료로 사용할 수 있습니다.]

[스페셜 칭호 '프리카 마을의 영웅'을 획득합니다.]

카이는 자신을 얼싸안고 기뻐하는 분터 촌장에게 겸손하게 말했다.

"마땅히 해야 할 일이었습니다. 주민들이 언제까지고 두려워하면 안 되는 거니까요."

"아암, 그렇지, 그렇고말고. 하지만 그런 일을 이렇게 멋지게 해낼 수 있는 이가 어디에 있겠는가!"

분터는 눈물을 글썽거리며 카이의 손을 쓰다듬었다.

"혹시라도 필요한 것이 있다면 언제든지 말하게. 무엇이든 도와줄 테니!"

"아, 사실 제가 이번 의뢰를 끝으로 다른 도시로 거점을 옮길까 합니다."

"이런……."

분터는 진심으로 아쉬워하는 표정을 지었다.

"혹시 생각해 둔 도시가 있는가?"

"음……."

카이는 근방에서 자신이 갈 수 있는 도시 중에, 레벨 업을 편하게 할 수 있는 곳을 떠올렸다.

'대영주가 통치하는 바덴은 엄청 큰 도시라서 활동하기 편하겠지만 너무 멀고, 거길 가기엔 내 레벨이 너무 낮아. 그렇다면 가까우면서도 규모가 적당한 글렌데일인가.'

결론을 내린 카이는 입을 열었다.

"아무래도 글렌데일 쪽으로 먼저 가보지 않을까 싶습니다."

"오, 잘되었군!"

분터는 환한 표정을 지어 보이더니 자신의 책상에 앉아 서랍을 열었다.

"글렌데일을 통치하는 영주님과는 오래전부터 안면이 있는 사이거든."

"촌장님께서요?"

카이가 깜짝 놀란 표정으로 되물었다.

바덴 성에 비할 바는 아니지만, 글렌데일도 제법 규모가 큰 도시였다. 때문에 프리카 마을의 촌장이 글렌데일의 영주와 친분이 있다는 건 의외의 일이었다.

분터는 뿌듯한 표정으로 봉투 하나를 건넸다.

"현 글렌데일의 영주님이신 아르셴 남작님께서는 어렸을 때 패트릭 님의 무덤을 방문하고자 프리카 마을에 오신 적이 있네. 그때 닿은 인연이 어쩌다 보니 지금까지 이어졌지."

"패트릭? 그게 누구입니까?"

"이런, 그분에 대해 들어본 적이 없나?"

분터 촌장은 이상하다는 듯 고개를 갸웃거리더니 설명을 했다.

"미안하네. 태양교의 사제라고 해서 당연히 알고 있을 줄 알았네만…… 패트릭 님은 태양교의 전설적인 성기사로 추앙받는 분이시네. 수백 년 전 마족들의 군세가 대륙을 침공했을 때 활약했던 영웅 중의 한 분이시지. 게다가 이 마을을 세운 분이시기도 하네."

"태양교의 전설……."

"그분의 무덤이 마을 근처에 성대하게 지어져 있네. 그래서 그분을 존경하는 이들이나 수행 중인 사제들이 성지들을 순례할 때 한 번씩 방문한다네."

"그렇군요."

적당히 맞장구를 쳐준 카이는 분터 촌장이 내미는 봉투를 건네받았다.

촛농으로 입구가 봉해져 있는, 이런 시골 마을과는 어울리지 않는 고급스러운 편지지였다.

"이건 뭡니까?"

"내 추천장일세. 그걸 들고 아르센 남작님에게 간다면 자네를 도와주실 걸세."

"……!"

게임적으로 보자면 이 봉투는 무려 귀족과 만날 수 있는 퀘스트 아이템인 셈이었다.

일개 병사보다 못한 취급을 받는 플레이어가 귀족과 만나기란 그야말로 하늘의 별 따기와 같다. 그런데 귀족이란다. 그것도 보통 귀족도 아니고 무려 글렌데일을 통치하는 남작!

'피고 있다, 내 인생의 꽃이 활짝 피고 있어!'

22년 동안 물만 냠냠 처먹던 인생의 씨앗에서 드디어 그 찬란한 꽃이 만개했다.

카이는 애정이 듬뿍듬뿍 담긴 눈빛으로 분터를 바라봤다.

"이 은혜는 절대 잊지 않겠습니다. 촌장님."

"나야말로 자네의 노고를 잊지 않겠네. 고맙네, 언제든지 들러주게."

촌장은 집 앞까지 나와 카이를 배웅했다.

"아, 그러고 보니 촌장님."

"음? 왜 그러나."

분터 촌장의 질문에 카이는 잠시 그의 귀를 빌려 속삭였다.

"호오…… 붉은 노을이라고? 알겠네, 내 그놈들을 지켜보 겠네."

띠링!

[프리카 마을에서 붉은 노을 길드의 영향력이 대폭 하락합니 다.]

[붉은 노을 길드원들을 향한 분터 촌장의 호감도가 대폭 하락 합니다.]

"그럼 잘 부탁드립니다."

카이는 그제야 만족스러운 표정으로 촌장의 집을 떠났다.

물론 마을을 바로 떠나지는 않았다. 마을을 한 바퀴 돌며 안면이 있는 NPC들과 모두 인사를 나눴고, 보상으로 받은 시 설 무료 이용권을 통해 챙길 수 있는 포션과 수리 키트 등을 양심이 허락하는 선까지 최대한 챙겼다.

'이제 준비는 끝났어.'

모든 일을 마친 카이는 프리카 마을의 전경이 한눈에 들어 오는 언덕으로 올라갔다.

"프리카 마을……"

30레벨 후반에 마을에 들어와서 55레벨인 지금까지 활동했다. 그가 게임을 하면서 가장 오랜 기간 머물러 있던 지역이었다.

그리고 무엇보다, 그의 인생이 뒤바뀐 장소.

"고마웠다."

이곳에서 많은 추억이 있었다.

많은 플레이어와 파티를 맺어 사냥을 했고, 마을 NPC의 이름은 모두 외우고 있을 정도다. 모습만 봐도 질리던 놀이었지만, 막상 떠난다고 생각하니 그조차도 그리웠다.

'하지만 지금은 떠나야 할 때야.'

만남이 있으면 이별이 있다.

그리고 이별이 있어야 새로운 만남도 생기는 법.

"……"

언덕 위에는 더 이상 마을에 처음 들어올 때의 어수룩한 초보자는 없었다. 많은 것을 배우고, 깨닫고, 노련해진, 훌륭한 모험가 한 명만이 존재했다.

얼마간 프리카 마을의 전경을 눈에 담던 프리카의 영웅은 잠시 후 인던에서 사취를 감췄다.

많은 게임 회사가 둥지를 틀고 있는 미국의 캘리포니아.

세계 굴지의 기업이 되어버린 페가수스사의 본사도 그곳에 위치하고 있었다.

미국 서부의 자유분방함과 IT 기업 특유의 세련됨이 절묘하게 어우러진 고층 빌딩의 회의실, 그곳의 분위기는 여느 때와 다르게 묵직했다.

"알아보셨습니까?"

테이블의 상석에 앉아 있던 금발의 중년 백인이 질문을 던지자, 젊은 미녀가 고개를 끄덕이며 보고를 올렸다.

"네, 플레이어의 이름은 한정우. 태양의 사제로 전직 당시의 레벨은 46이었습니다. 지금은 55레벨에 도달했고, 70%의 경험치를 보유하고 있으며, 그간의 활동 기록은 스크린에 정리를 해두었습니다."

삑.

여자가 리모콘을 누르자 스크린에는 보기 좋게 정리된 자료가 떠올랐다. 모두 카이가 게임 속에서 보인 선행과 퀘스트에 관한 내용이었다.

"흠……."

페가수스사의 사상임과 동시에 세계 최고의 대부호로 손꼽히는 마르코 프레드릭은 스크린을 한참이나 지켜보다가 고개를 천천히 돌렸다.

"박사는 어떻게 생각하지?"

"……."

마르코에게 질문을 받은 남자는 수염과 머리가 모두 새하얀 노인이었다.

한참이나 스크린을 응시하던 노인의 입에서 독설이 흘러나왔다.

"직업이 아깝군요."

"흠? 생각보다 평가가 박하군. 이유는?"

"요즘 시대 젊은이치고는 꽤나 선량하군요. 그러니 저 직업을 얻을 수도 있었겠지요."

노인은 신경질적으로 안경을 벗으며 스크린을 노려봤다.

"하지만 딱 거기까지입니다. 직업을 획득한 이후의 행보가 한심하군요."

"하하하. 박사의 마음에 차는 유저는 몇 없지 않은가. 진정하게. 그래서 박사가 생각할 때 그의 성장 가능성은 어느 정도라 보지?"

"성장 가능성?"

박사가 코웃음을 쳤다.

"글쎄요. 저 멍청이가 끝내 제대로 된 길을 찾지 못한다면, 헬릭의 심판이 떨어지겠지요. 태양의 사제는 끊임없이 선행을 베풀어야 하는 직업이니까."

"그렇군. 그나마 다행이라고 해야 하나."

"예. 더군다나 정상적인 경로로 획득한 것이 아니라서 직업의 위력도 본래의 반절 정도밖에 안 될 겁니다."

그 말에 마르코는 안도의 한숨을 내쉬었다. 신화 등급 직업이 예상보다 한참이나 빠르게 해제되어 머리가 아프던 참이었다.

'하지만 짐 박사가 저렇게까지 확신을 하니 신경을 꺼도 되겠군.'

눈앞의 노인 짐 루이스는 미드 온라인의 총괄 디렉터였다. 동시에 미드 온라인을 운영하고 있는 슈퍼A.I 라무스의 개발을 독자적으로 해낸 21세기의 천재 과학자였으니 믿지 않을 수 없었다.

"그럼 이제 두 번째 보고를 듣도록 하지."

카이의 활동 기록으로 채워져 있던 스크린이 바뀌었다.

이어서 나타난 캐릭터는 중세 기사의 상징과도 같은 풀 플레이트 메일을 입고 있었다. 투구부터 부츠까지 검은색 장비만 착용해 흑기사라는 단어가 누구보다 잘 어울려 보였다.

"이어지는 보고는 플레이어 유하린에 대한 보고입니다."

여직원의 보고가 10분가량 이어졌고, 마르코와 짐 박사의 표정이 점점 굳어졌다.

마르코가 심각한 표정으로 질문을 던졌다.

"짐 박사, 저 여인에 대해선 어떻게 생각하지?"

"천재."

짐 박사는 확신에 찬 목소리로 단호하게 말했다.

"저는 물론이고, 라무스의 상상을 뛰어넘을 정도의 천재입니다."

"미스터 한과는 평가가 정반대로군. 물론 랭킹 1위이니 그 정도 재능은 있겠지만……."

"아니요. 단순히 랭킹 1위라서 하는 말이 아닙니다. 웬만한 운동선수를 뛰어넘는 운동신경, 현대인이 쉽게 가지기 힘든 전투 센스와 명석한 두뇌까지. 이 게임을 위해 태어난 존재가 아닌지 의심이 될 지경입니다."

앞서 한정우에게 내린 독설에 비하면 엄청난 찬사였다. 게다가 칭찬을 쉽게 하지 않는 짐 박사의 입에서 나온 소리니, 신빙성은 더욱 높았다.

"그녀는 싸움에서 무조건 이기는 기술을 사용합니다."

"그게 뭔가?"

마르코의 질문에 짐 박사가 재미있다는 듯 웃었다.

"한 대도 맞지 않고, 자신의 공격은 모두 성공시키는 것이지요."

"불가능한 일 아닌가?"

"그렇죠, 불가능한 일이었죠."

박사의 시선이 스크린의 유하린을 향했다.

"설마…… 그녀는 가능하다는 말은 아니겠지?"

"미드 온라인이 출시된 지 이제 넉 달입니다. 유하린은 남들보다 한 달 늦게 시작했지만 랭킹 1위를 차지했지요. 한 달이라는 격차, 그렇게 쉽게 줄일 수 있는 격차가 아닙니다."

"끄응, 컨텐츠 소모 속도가 문제로군."

한숨을 푹 내쉰 마르코는 골치 아픈 표정으로 미간을 꾹꾹 눌렀다.

"왜 저런 유저들이 유독 한국에서만 나오는 거지?"

그의 질문에 젊은 미녀는 어깨를 으쓱거리며 대꾸했다.

"그야 한국에는 한국인들이 사니까요."

"……."

"……."

마르코와 짐 박사는 그 말에 반박하지 못했다.

흔히 게임 강국, 폐인들의 나라라고까지 불리는 한국은 어느 게임에서건 1위를 놓쳐본 적이 없었으니까.

[프리카 마을의 영웅]

등급 : 스페셜

내용 : 프리카 마을에 닥친 위기를 해결한 이에게 주는 칭호

효과 : 모든 스탯 +3(이 효과는 칭호를 착용하지 않아도 적용됩니다.)

카이가 만족스러운 웃음을 지었다.

스페셜 칭호를 연속으로 획득한 사건은 커뮤니티에 대놓고 올려도 합성으로 치부될 정도로 믿기 힘든 대사건이었다.

'뭐, 어차피 말하지 않을 테니 상관없지만.'

칭호 북을 닫은 카이는 미니맵을 열었다.

"글렌데일이라. 제법 머네."

물론 텔레포트 게이트를 이용하거나 마을 이동 주문서를 이용하면 쉽게 이동을 할 수 있었지만, 그런 것들은 카이와 인연이 없었다.

'너무 비싸.'

그는 한 번에 현금이 몇십만 원씩 깨지는 텔레포트를 사용할 정도로 씀씀이가 헤프지 않았다.

카이는 미니맵을 확인하며 천천히 걸음을 옮겼다. 길을 걸으며 풍경을 즐기고, 몬스터가 나타나면 녀석들과 싸웠다. 모닥불을 피우며 쉬기도 하고, 심심할 때는 뮤직 박스를 이용해 음악을 들으며 여행을 즐겼다.

-아아, 보이세요? 보이나요?

분홍색 머리를 묶은 귀여운 소녀의 얼굴이 화면을 가득 채웠다.

그녀는 이내 잔뜩 호들갑을 떨며 인사했다.

-시청자 여러분 안녕하세요. 오늘도 특종의 냄새를 맡고 다니는 아리스예요!

온갖 깜찍한 표정을 차례대로 지어 보인 그녀는 흔히 말하는 인터넷 방송 스트리머였다.

실시간으로 시청자와 소통하고, 예기치 못한 상황이 벌어진다는 게 인터넷 방송의 묘미였다. 그녀는 귀여운 외모와 나름 깔끔한 진행으로 스트리머 중에서는 평판이 좋았다.

-언니, 오늘도 예뻐요!

-ㅎㅇ.

-근데 거기 어디임?

-귀여운 척 오짐ㅋㅋ.

근데 귀여운 게 함정.

-저기 프리카 마을 아님? 얼마 전에 가봐서 아는데 맞는 것 같음.

시청자들과 인사를 나누던 그녀가 눈을 반짝였다.

-어라? 이미 알고 계신 분들도 계시네요! 맞습니다. 이곳은 바로 라시온 왕국의 프리카 마을! 오늘은 아리스가 흥미로운 소문을 듣고 직접 취재하러 왔습니다. 짜잔!

어디서 만들었는지 모를 마이크가 그녀의 인벤토리에서 튀어나왔다.

시청자들이 한바탕 웃음을 쏟아냈다.

-ㅋㅋㅋ 그런 건 또 언제 만들었음?

-마이크는 대장간 같은 데서 만들어주나?

-저, 콜트에게 의뢰해 주십쇼. 제작 기술은 중급 3레벨입니다. 싸게 모십니다.

-흥미로운 소문이 뭔데?

원하던 반응이 나오자 아리스가 마이크를 흔들었다.

-흥미로운 소문이 뭐냐면…… 바로 프리카 마을에 새로운 영웅이 나타났다는 소문이예요!

시청자들의 반응이 순식간에 뜨거워졌다. 채팅이 순식간에 주르륵 올라갔기에 능숙한 방송인인 그녀조차 진땀을 흘려야 할 정도였다.

-과연 어떤 유저가 프리카의 영웅이 되었는지! 저 아리스가

NPC들을 한번 취재해 볼게요.

그녀는 프리카 마을 여기저기를 돌아다니며 NPC들에게 마을의 영웅에 대해 캐묻고 다녔다.

"음? 아아, 카이를 말하는 건가? 그는 뭐랄까, 인성이 참 훌륭한 사람이었지."

"그렇고말고! 훌륭하기까지 한 게 아니라, 강하기까지 했지."

"무려 마을의 골칫거리였던 웜 리자드를 혼자서 잡았으니까! 아마 이 부근에서 그보다 강한 모험가를 찾는 건 쉽지 않을걸?"

아리스가 발을 동동 구르며 시청자들의 호응을 유도했다.

-우오오, 여러분 들으셨어요? 인성이 훌륭한데 강하기까지 하다는군요! 웜 리자드를 혼자서 잡을 정도라니, 잘생기기만 하면 완벽하네요. 대체 그는 직업이 뭘까요?

그녀는 사전에 준비를 철저히 했는지, 인벤토리에서 통계표를 꺼냈다.

-자! 여길 보시면 여태까지 마을의 영웅 칭호를 획득한 직업군의 비율이 정리가 되어 있어요. 보시다시피 전사와 기사, 마법사가 압도적인 비율을 자랑하고 있고, 궁수나 도적 같은 경우는 손에 꼽힐 정도지요? 프리카의 영웅이라는 카이 님의 직업은 대체 무엇인지! 제가 직접 마을의 클래스 타워를 직접! 돌아다녀 보겠습니다.

취재를 하다 보니 스스로도 흥이 오른 걸까, 그녀는 잔뜩 신나서 마을의 클래스 타워를 찾아다녔다. 하지만 마탑이나 전사 길드, 도적들의 클래스 타워를 모두 돌아다녔음에도 불구하고 카이에 대한 정보를 모을 수 없었다.

-어라? 분명히 대부분 다 확인한 것 맞죠? 궁수랑 전사, 마법사랑 기사…… 도적, 음유시인이랑 생산 직업 길드까지 전부 돌았는데……:

아리스가 고개를 갸웃거리자, 시청자 한 명이 후원금을 날리며 외쳤다.

[우주영웅 님께서 50,000원을 후원했습니다.]

-우주영웅 : 아직 신전은 안 들러봤잖아. 맞지? 내 말 맞지?

-5만 원 후원 감사합니다! 그런데 신전이요?

아리스가 어색한 웃음을 지으며 반문하자, 시청자들의 비웃음이 작렬했다.

-신전이면 사제? 상식적으로 사제가 마을의 영웅이 될 수 있겠냐ㅋㅋ
　└**성기사일 수도 있잖아.**
　└**응, 둘 다 못해~**

-NPC들 반응을 보면 카이라는 유저는 인성도 좋고 무력도 강하다고 했는데, 사제는 무리수임.

-전투 사제일 가능성도 있지 않을까요? 윗 분 말대로 성기사일 수도.

└사제는 절대 아니고, 방어력 특화인 성기사일 확률도 낮을 듯.

-파티에 전투 사제 받을 바에야 마법사 받는 게 100배는 이득이지

-내가 사제랑 전투 사제 둘 다 키우다가 접어봐서 잘 아는데, 사제는 네임드 길드에서 밀어주는 거 아니면 육성 힘들다.

-눈 감아 봐. 어둡지? 그게 사제 미래야.

채팅창을 읽던 아리스는 물론, 시청자들도 모두 의구심을 품었다.

-그럼 속는 셈 치고 신전에라도 한번 가볼……. 아앗! 지금 또 새로운 속보가 들어왔어요. 요즘 가장 핫한 사냥터인 거미 숲에서 연이은 실종 사고가…….

그날 방송을 본 시청자 중 일부가 프리카의 영웅에 대해 커뮤니티에서 떠들어댔으나, 유명한 랭커들의 소식과 각종 공략 팁에 묻혀 소리도 없이 사라져 버렸다.

8장
글렌데일

"보인다!"

점심 무렵이 지나서야 도착한 봉우리 아래로는 회색의 성벽이 훤히 내려다보였다. 세련된 성벽은 척 보기에도 문명화된 도시의 느낌을 주고 있었다.

'저곳이 글렌데일.'

부풀어 오르는 마음을 겨우 억누른 카이는 곧장 산을 내려가 성문 앞으로 다가갔다.

역시 도시인지라 입장하려는 사람들이 붐볐기에 카이는 줄을 서야 했다.

'대부분은 NPC이긴 하지만, 역시 플레이어의 숫자도 적지는 않네.'

그만큼 50레벨을 넘긴 플레이어의 수가 많다는 뜻이리라.

카이는 자신의 차례가 오자 살짝 긴장한 표정으로 성문 경비병에게 다가갔다.

"이름."

"카이입니다."

"음, 통과."

"……."

그야말로 안 하느니만 못한 검문이었다. 허무할 정도로 시시한 검문이 끝나고, 카이는 다소 맥이 빠진 표정으로 성내로 들어왔다. 하지만 도시의 거리로 들어선 순간, 죽어 있던 카이의 표정이 순식간에 되살아났다.

"오오……."

현실의 아스팔트 도로에 미치지는 못하지만, 일정한 크기의 돌들이 균일한 간격으로 촘촘히 박혀 있는 길거리는 배수 시설까지 완벽하게 마련되어 있었다.

비가 좀 많이 온다 싶으면 바닥이 진흙탕이 되어 무조건 장화를 신어야 했던 프리카와는 차원이 달랐다.

"이, 이것이 도시의 문명……."

현실에서는 서울에서 살고 있는 카이지만 게임에서만큼은 시골에서 갓 상경한 촌놈과 다를 것이 없었다.

연신 주변을 두리번거리던 카이는 도로를 가득 메운 인파에 질린 표정을 지었다.

'우선 아르센 남작을 만나 봐야 하는데.'

분터는 자신의 추천장을 사용하면 그와 만날 수 있다고 말했다. 카이는 그 말을 믿고 며칠 동안 글렌데일을 향해 걸어왔다. 이제 그에 대한 보상을 받을 시간이었다.

"영주의 저택이 분명……."

도시의 안내판을 보고 지도를 갱신한 카이가 저택을 향해 걸어갔다.

길을 걷자니 길거리의 노점상에서 풍겨오는 고소하고 향긋한 냄새가 그의 코를 자극했다. 무엇에 홀린 듯 노점상으로 다가간 카이는 음식을 구매해 한입 크게 베어 물었다.

"맛있어……."

프리카에서는 맛볼 수 없던 기가 막힌 닭꼬치와 설탕에 절인 파인애플, 특히 파이어 마법으로 즉석에서 구워주는 돼지고기 바베큐는 아무리 먹어도 질리지 않았다.

그야말로 혀가 행복해서 춤을 춘다는 기분!

"크으, 역시 미드 온라인이다. 세계적으로 비만 비율이 점점 낮아지고 있다는 연구 결과가 있다는데, 그 말이 사실일지도."

게임에서는 값싼 가격에 이렇게 실컷 먹어도 살이 찌지 않는다. 한바탕 포식으로 배가 든든해진 카이는 아르센 남작의 저택으로 향했다.

저택은 언덕 위에 자리 잡고 있었다.

언덕을 올라오느라 가빠진 숨을 정리한 카이는 슬쩍 뒤를 돌아봤다. 정갈하면서도 깔끔한 건축물이 특징인 글렌데일의 전경이 한눈에 들어왔다.

"멋있는 도시야."

그런 도시를 다스리는 자가 거주하는 저택의 모습도 예사롭지는 않았다. 2층 높이의 백색 저택은 마치 미국의 백악관을 떠올리게 했다.

'건물을 보고 위압감이라는 걸 느끼게 될 줄이야.'

현실에 존재하는 초고층 빌딩들의 거대함과는 느낌이 또 달랐다. 예술적이면서도 화려한 저택은 마치 동화책에나 나올 법한 모습이었다.

저택이 놓인 정원 밖으로는 대략 2m 높이의 울타리가 둘러쳐져 있었는데, 그곳의 정문에는 두 명의 병사가 경비를 서고 있었다.

카이는 침을 꿀꺽 삼키며 그들에게 다가갔다.

채앵!

"정지, 소속과 정체를 밝혀라."

"정지, 소속과 정체를 밝혀라."

두 병사가 카이를 막아섰다.

그들이 목소리에는 자신의 힘에 대한 자신감과 소속에 대한 자긍심이 듬뿍 묻어있었다.

"아르센 남작님을 뵈러 왔습니다."

"흐음?"

병사 하나가 카이의 전신을 훑으며 대꾸했다.

"모험가인가?"

"예."

"남작님은 바쁘신 분이다. 뵙고 싶다고 아무나 만나주시는 분이 아니지. 좋은 말로 할 때 돌아가라."

귀족을 한번 만나보고자 했던 대다수의 플레이어들은 이와 같은 상황을 겪어봤을 것이다.

'보통은 여기서 포기를 하겠지.'

하지만 카이는 달랐다.

그는 인벤토리에서 추천장을 꺼내 두 사람에게 내밀었다.

병사가 그것에 관심을 표했다.

"이게 뭐지?"

"프리카 마을의 촌장께서 주신 추천장입니다. 이것이라면 아르센 남작님을 뵐 수 있다고 하시던데요?"

물론 카이도 확신은 없었다. 어쩌면 아르센 남작은 분터 촌장을 까맣게 잊어버렸을 수도 있었다.

추천장을 자세히 살펴보던 병사들이 대화를 나눴다.

"흠, 프리카 마을이라면 분명 닷새 거리에 있는 마을인데……."

"집사님에게 한번 여쭤봐야 하는 것 아닌가?"

"내가 다녀오지."

5분 정도가 흐르자, 병사가 집사 복을 입고 있는 노신사 한 명과 함께 돌아왔다.

"이 모험가입니다, 집사님."

"흐음, 분터 촌장의 추천이라. 그가 누군가를 추천하는 건 이번이 처음인데."

잠시 턱수염을 어루만지던 노신사는 카이를 훑어보더니, 눈을 크게 떴다.

"잠깐, 칠흑의 방어구를 입은 모험가라면…… 혹시 일전에 프리카 마을을 위협하던 웜 리자드를 혼자서 해치운 모험가 카이 님 아니십니까?"

"호오, 웜 리자드를 혼자서요?"

"그럼 프리카 마을의 영웅이라 불리던 모험가가……."

카이를 바라보는 병사들의 눈빛이 바뀌었다. 어중이떠중이인 줄 알았던 모험가가 생각보다 대단한 인물인 탓이었다.

물론 카이가 웜 리자드를 혼자서 처치한 것은 운이 좋아서

였지만, 그것을 감안해도 전 세계 5억 명이 넘는 플레이어 중에서 그것을 해낼 수 있는 사람은 많지 않았다.

"천운이 따라서 웜 리자드를 잡을 수 있었습니다."

"겸손하기까지 하시군요! 우선 안쪽으로 들어오시지요."

자신의 인상이 어떠한지에 대한 판단은 결국 듣는 이가 하는 법이다. 카이의 말을 겸손으로 받아들인 집사는 카이를 저택 내부로 안내했다.

끼이이익.

집사와 함께 들어선 저택의 내부는 카이의 생각대로 고급스러웠다. 하나같이 값비싸 보이는 예술품과 그림들이 복도를 장식하고 있었고, 바닥에 깔린 융단은 마치 구름을 밟는 것처럼 부드러웠다.

'남작은 귀족 중에서도 제일 낮은 위치 아니었나?'

카이는 적잖게 당황했다.

그의 머릿속에서 귀족이란 이들의 위치는 그저 영지를 가진 NPC, 그 이상도 이하도 아니었다.

'아무래도 생각을 좀 수정해야겠는데.'

귀족 중에서 기장 품계가 낮은 남작의 저택이 상상 이상으로 화려했다. 때문에 카이는 기존에 생각하던 귀속의 가치를 조금 더 상향 조정했다.

'이래서 NPC와의 친분이 중요하다는 거구나.'

미드 온라인에 대한 공략이 올라오는 커뮤니티에는 게시판만 수백 개가 넘는다. 게시판 별로 올라오는 공략 글의 방향과 방법은 제각각이다. 하지만 단 하나, 공략 글을 쓰는 모든 이들이 입을 모아 하는 말이 있다.

그것은 바로 NPC들과 친하게 지내라는 것!

'이유가 있었어.'

만약 분터가 자신에게 말을 걸 때, 그를 무시하고 사냥을 떠났다면 웜 리자드 퇴치는 이루어지지 않았을 것이고, 글렌데일의 영주와 만나는 일도 없었을 것이다.

'이건…… 그래. 마치 나비효과 같아.'

나비의 자그마한 날갯짓 한 번이 지구 반대편에선 폭풍을 일으킨다는 이론.

NPC들과의 친분은 마치 나비효과 같았다. 자그마한 일들이 지속적으로 연쇄반응을 일으켜 처음에는 상상도 할 수 없었던 큰 보상과 퀘스트가 되어 돌아온다.

그 사실을 피부로 느낀 카이는 고개를 끄덕이며 집사의 뒤를 따랐다. 응접실로 안내된 카이는 잠시 기다리라는 집사의 말에 소파에 앉았다.

'우선 정리를 좀 해보자.'

아르센 남작과의 만남을 통해 자신이 얻어내야 하는 것은 크게 두 가지였다.

우선은 퀘스트 그것도 일반 유저는 의뢰받을 수 없는, 아르센 남작을 통해서만 받을 수 있는 진귀한 퀘스트를 받아야 했다.

'두 번째는 역시 던전이겠지.'

RPG 게임의 꽃은 레이드와 던전이라는 말이 있다.

카이는 놀의 무덤을 공략하면서 그 말의 의미를 깨달을 수 있었다.

'레이드는 아직 경험을 못 해봐서 뭐라고 말은 못 하겠지만……'

놀의 무덤을 클리어하고 얻은 경험치와 골드, 아이템이 떠올랐다.

'왜 던전에 대한 정보가 비싼 값에 거래되는지 알 수 있었지.'

미드 온라인에서 던전의 자세한 위치가 표시된 지도는 부르는 것이 값이었고, 던전의 위치에 대한 힌트조차 돈으로 거래가 되었다.

'그러니 던전에 대한 정보는 조그마한 것이라도 건질 수 있으면 대박이야.'

직접 공략을 하거나, 상황이 여의치 않으면 다른 플레이어에게 비싼 값에 판매할 수도 있기 때문이다.

30분 정도의 시간이 흐르자 집사가 다시 나타났다.

"남작님이 부르십니다."

그를 따라 복도와 계단을 걸어 4층으로 올라갔다. 복도의 끝에 있는 방에 다다르자, 무장한 기사 두 명이 입구를 굳게 지키고 있었다.

저택의 입구를 지키던 이들과는 존재감부터가 남다른 기사들과 마주한 카이의 시선이 본능적으로 방문을 향했다.

'이곳이다.'

이곳이 바로 글렌데일을 통치하고 있는 영주, 아르센의 집무실이다. 그 사실이 입구를 지키는 기사들의 무게감을 통해 느껴졌다.

똑똑.

"영주님. 말씀드린 모험가입니다."

"들여보내게."

집사가 문을 열어주자, 카이는 짤막한 눈인사를 남기고 방 안으로 들어갔다.

기품 있는 목재 가구들이 즐비한 집무실의 책상에 중년인이 앉아 있었다.

'생각보다 평범하게 생기셨네.'

보통 귀족이라고 하면 차갑고 근엄한 사람 아니면 살찐 돼지의 이미지를 떠올린다.

하지만 아르센 남작은 귀족보다는 상인으로 느껴질 만큼 푸근한 인상을 지니고 있었다.

그가 자리에서 일어났다.

"자네가 카이인가?"

"예, 예!"

카이가 훈련병마냥 바짝 기합이 들어 있자, 아르센 남작이 허허 웃으며 다가왔다.

"너무 얼어 있군. 긴장하지 말게나. 비록 내가 다스리는 마을은 아니지만, 프리카 마을을 도와준 영웅을 함부로 대하지는 않을 테니까."

"감사합니다."

"뭘, 오히려 내가 더 고맙다네. 그렇지 않아도 프리카 마을에 대한 문제는 일찌감치 들었네. 웜 리자드 때문에 분터 촌장이 골머리를 썩이고 있다고 하더군."

"예, 아무래도 뛰어난 모험가들이 거주하는 마을은 아니니까요."

"안타깝지만 사실이네. 사실 분터 촌장과는 어릴 적부터 안면이 있어서 도와주고 싶었지만…… 프리카 마을은 바덴 백작님의 영토에 소속된 곳이지. 함부로 사병을 파견하기에는 아무래도 눈치가 보여."

"아, 그런 문제가 있었군요."

"가슴이 답답하던 차에 모험가 한 명이 웜 리자드를 처치했다는 소식을 들었네. 개인적으로 얼굴을 한번 보고 싶었는데……."

말끝을 흐린 아르센 남작이 카이를 쳐다보며 흐뭇한 미소를
지었다.

"설마하니 분터 촌장이 추천장을 써줬을 줄이야. 깜짝 선물
이라도 받은 기분이군."

"좋게 봐주셔서 감사합니다."

"이런, 내 정신 좀 보게. 손님을 너무 세워뒀어. 우선 앉게."

그는 마치 동네 아저씨처럼 허물없이 카이에게 소파를 권했
다.

'원래 귀족들이 이런가?'

자신이 상상했던 것과 아르센 남작의 태도가 크게 다르자,
카이가 고개를 갸웃거렸다. 그런 기색이 얼굴에도 드러난 것인
지, 아르센 남작이 미소를 지었다.

"내 태도가 귀족스럽지 않다고 느껴지나 보군."

"그, 그런 건 아닙니다만."

뜨끔한 카이가 고개를 저으며 강하게 부정했으나, 아르센
남작은 도리어 껄껄 웃었다.

"하하! 자네 반응이 재미있군. 신경 쓰지 말게, 사실이 그런
것을 어쩌겠는가."

"하하……."

카이가 멋쩍게 웃으며 자리에 앉자, 아르센 남작이 편한 자

세로 소파에 등을 묻었다.

"자, 그럼 피차 인사말은 나눈 것 같으니, 본론으로 들어가지."

"본론이라고 하시면⋯⋯?"

"어차피 나에게 원하는 것이 있어서 찾아온 것 아닌가?"

아르센 남작은 웃으면서 별것 아니라는 듯 물었지만, 카이는 바짝 긴장했다.

'아무리 편하고 쉬워 보여도, 이 사람은 귀족이야.'

미드 온라인은 철저한 신분제 세계였다.

그리고 눈앞의 남자는 지금 카이가 밟고 있는 땅의 주인, 근방에서 가장 높은 신분을 가진 인물이었다.

'저 사람 좋아 보이는 얼굴 아래에 무슨 생각이 도사리고 있을지는 아무도 몰라.'

침을 꿀꺽 삼킨 카이는 머리를 굴렸다.

'돌려 말하는 걸 좋아할까? 아니, 어쩌면 구차한 걸 싫어하는 성격일 수도 있어.'

잠시 생각을 정리한 카이가 조심스럽게 입을 열었다.

"예, 솔직히 말씀드리면 남작님의 말씀이 맞습니다."

"그 말은 역시 나에게 원하는 것이 있다는 소리겠지?"

"예."

"훗, 시원해서 좋군. 가감 없이 말해보게."

카이가 주먹을 불끈 쥐었다. 구차하게 빙빙 돌려 말하는 건 좋아하지 않을 것 같다는 예상이 꼭 들어맞은 것이다.

긴장이 한결 풀린 카이는 편하게 말을 꺼냈다.

"우선 근방의 던전에 대한 정보를 얻고 싶습니다. 그리고 남작님께서 혹시 무언가 고민이 있으시다면, 제가 그 고민을 해결해 드리고 싶습니다."

"그리 어려운 요구는 아니군."

아르센 남작이 긍정적인 태도를 보이자 카이의 안색이 환해졌다.

'일이 이렇게 쉽게 풀릴 줄이야!'

하지만 기쁨도 잠시, 아르센 남작이 다음으로 내뱉은 말에 카이의 얼굴이 미묘해졌다.

"그런데 분터 촌장에게 이 말은 듣지 못한 모양이군?"

"예? 말이라뇨."

"그의 추천장을 들고 온 사람은 내가 내리는 시험 하나를 통과해야 도움을 받을 수 있네."

"그, 그런 말은 처음 들어봅니다만……."

"하하, 이거 분터 촌장도 제법 늙은 모양이군. 이 중요한 이야기를 빠트리다니 말이야."

아르센 남작은 차를 홀짝이더니 말을 이었다.

"만약 내 시험을 받는 것이 영 께름칙하다면 거절해도 좋네. 다만 그 경우에는 자네가 원하는 것들을 얻어낼 수 없겠지."

"으음……."

예상치 못한 상황에 카이가 신음했다.

분터 촌장, 나이가 지긋하다고는 생각했지만 설마 이렇게 중요한 말을 빠트리다니!

하지만 아르센 남작이 무엇을 요구한다고 하더라도, 애초에 이 자리에서 절대적인 갑은 카이가 아닌 남작이었다.

"시험을 받겠습니다. 애초에 중요한 정보들을 아무런 대가 없이 받으려고 한 제 욕심이 문제겠지요."

"호오, 남자답구만."

아르센 남작이 싱글벙글 웃는 표정으로 자리에서 일어났다.

"참 긍정적인 사람이야. 마음에 드네. 사실 시험이라고 해봐야 별거 없어."

곧장 자신의 책상으로 다가간 그는 서랍에서 초상화 한 장을 꺼내 들었다.

"받게나."

[밀튼의 초상화를 획득합니다.]

그곳에는 깐깐해 보이는 남자 하나가 그려져 있었다.

'이 초상화, 대체 무슨 의미지?'

잠시 남작의 눈치를 살피던 카이는 입에 침도 바르지 않고 칭찬을 남발했다.

"허어. 풍채가 늠름하신 것이 그야말로 영웅의 기개가 느껴지는 대단한……."

"자네가 잡아야 할 건달일세."

"콧수염부터 졸렬해 보이는 게 딱 좀도둑의 상이옵니다."

카이가 손바닥 뒤집듯 말을 바꾸자, 남작이 다시 한번 웃음을 터뜨렸다.

"내 도시에서 불법 도박장을 운영하기 시작한 건달일세. 조만간 병사들을 보내 따끔하게 혼을 내려고 했는데…… 이 일, 자네가 한번 맡아보게."

"생포해 오면 되는 겁니까?"

"그건 전적으로 자네의 판단에 맡기도록 하지. 죽여도 되고."

띠링!

[글렌데일의 치안 강화]

[난이도 : D+]

[아르센 남작은 자신의 영지에서 불한당 짓을 하는 밀튼을 곱게 보지 않습니다. 그를 적당히 혼내줍시다.]

[성공할 경우 : 경험치 획득, 명성 증가, 글렌데일의 영주에게 던전의 위치나 히든 퀘스트 중에서 한 가지를 선택해서 받을 수 있음.]

[실패할 경우 : 아무런 보상도 획득할 수 없음.]

퀘스트창을 읽어내리던 카이가 고개를 끄덕였다.
"하겠습니다."

[퀘스트를 수락했습니다.]

"어디 보자……."
카이는 아르센 남작에게 받아든 불한당의 정보를 차근차근
읽었다.
"밀튼은 글렌데일에서 가장 큰 도박장 사장이네."
퀘스트가 생각보다 귀찮아질 것 같은 예감이 들었다.
'그러고 보니 솔플을 하려면 본격적인 무기술을 하나쯤은
배워야 될 텐데.'
사제의 기본 무기인 메이스는 사실 전투에서 쓰기에는 적합
하지 않았다.
'추가 대미지를 입히는 게 힘드니까.'
도검류에 베이면 그 즉시 출혈 상태에 빠지며 추가 대미지
를 입는다.

하지만 메이스는 그것이 불가능했다. 게다가 무기에도 신성력과 체력 스탯이 주로 달리다 보니, 사제들이 메이스를 장비하는 건 직접적인 전투를 위함이 아니라 힐 관련 스킬들의 효율을 높이기 위해서였다.

'가장 중요한 건, 내가 아직 메이스를 다루는 스킬도 없어.'

물론 미드 온라인에서는 반복된 행동으로도 스킬을 생성시킬 수 있다. 하지만 그런 경우에도 최소한의 규칙이 존재한다.

'한마디로 동작이 일정해야 한다는 소리지.'

마구잡이로 무기를 휘두르며 사냥을 해봤자 백날이 지나도 스킬은 생성되지 않는다는 소리였다.

'맨 땅에 헤딩을 하는거라면, 메이스를 배우는 것보단 훨씬 위력적인 무기술이 더 많아.'

간단한 예로 창술과 검술이 있다.

카이는 어떤 무기술을 배워야 할지 고민에 빠졌다.

'솔플을 하는 거라면 역시 검이나 창이 가장 무난하기 한데.'

이와 같은 문제는 전문가에게 묻는 것이 빠르다.

카이는 곧장 미니맵을 펼쳐 대장간의 위치를 수색했다.

'이참에 웜 리자드의 뼈들도 의뢰를 맡겨야 하니까 말이지.'

프리카의 대장장이인 막심은 기술과 설비의 부족으로 이 재료들을 다루지 못했다. 그는 대도시의 대장장이를 찾아가라고 충고해 준 바가 있었다.

'글렌데일 정도면 충분히 대도시야.'

가공된 장비 중 쓸 수 있는 장비는 쓰고, 나머지는 경매장에 올려서 팔면 된다.

'조만간 지갑이 두둑해지겠어.'

카이는 지도를 보며 대장간으로 이동했다.

어느 도시든 간에, 대장간 근처로 다가가면 들려오는 소리는 항상 같다.

쇠를 두드리는 망치질 소리, 광석 덩어리들이 장비로 탈바꿈을 하는 탄생의 소리, 그런 소리가 들려와야 정상이다.

하지만 글렌데일의 대장간은 무언가 달랐다.

"이렇게 조용한 대장간은 또 처음이네."

고개를 갸웃거리며 중얼거린 카이는 미니맵을 확인했다.

'대장간의 위치는 여기가 맞는데.'

미니맵은 확실히 눈앞의 건물이 대장간이라 말하고 있었다. 하지만 응당 들려야 할 망치질 소리도, 연기가 흘러나와야 할 화덕도 조용했다.

그때 대장간의 문이 거칠게 열렸다.

"거 참, 뭔 NPC가 저따위냐? 이거 운영자 신고 각 아니냐?"

"게임 하면서 NPC가 일 안 한다고 배짱부리는 건 처음 봤다."

투덜거리며 대장간을 나오는 유저들을 불러 세운 카이는 연유를 물었다.

"저기, 그게 대체 무슨 말씀입니까? NPC가 일을 안 하다뇨?"

"그쪽도 대장간에 볼일 있어서 왔나 봐요?"

"예. 장비 제작을 맡기고 싶어서요."

"포기하세요."

그들은 씩씩거리며 대장간을 노려봤다.

"대장장이랍시고 꼬장꼬장한 노인네 한 명이 있긴 한데, 장비 제작은커녕 수리도 안 해줍니다."

"예? 하지만 여기 대장간이잖아요?"

"제 말이 그겁니다. 대장간에서 대장장이질 하라고 만들어진 NPC 주제에……."

"아침부터 열 받네. 그냥 경매장 가서 수리 킷이나 사자."

유저들이 사라지자 카이는 멍한 표정으로 대장간을 쳐다봤다.

'마을의 NPC가 일을 안 한다고? 대체 왜?'

이런 경우는 카이도 처음이었다. 보통 NPC의 건강이 나빠 일을 못 하는 경우, 그 병을 치료하는 퀘스트가 게시판에 등록된다. 하지만 유저들의 반응을 보니 그것조차 아닌 듯하다.

'그럼 내 웜 리자드 장비는?'

카이는 황급히 커뮤니티를 열어 대륙 지도를 살폈다.

'조그마한 마을들을 제외하고, 여기서 가장 가까운 도시는……'

무려 20일 거리에 있는 물의 도시 아쿠에리아!

카이의 안색이 꺼멓게 죽었다.

"뭐야, 여기서 장비 제작을 못 하면 저기까지 가야 돼?"

물론 웜 리자드를 해치우고 10골드를 보상으로 받았기에 돈이 부족하지는 않았다.

'하지만 텔레포트의 가격은 심장에 해로운데.'

침을 꿀꺽 삼킨 카이가 커뮤니티를 통해 텔레포트 요금을 미리 계산해봤다.

'글렌데일에서 아쿠에리아까지는 무려 9골드.'

한화로는 90만 원!

카이의 손이 제멋대로 덜덜 떨리기 시작했다. 용돈도 못 받는 백수가 지불하기에는 턱도 없는 금액이었다.

"방법이 없나?"

물론 모든 일에는 방법이 있다.

카이의 고개가 굳게 닫힌 대장간으로 돌아갔다.

'만약 대장장이가 일을 안 한다면……'

일을 하게 만들면 되는 것이다.

그러면 굳이 도시를 옮기지 않아도 되는 것이 당연했다.

'좋아, 한번 해보자.'

카이는 곧장 커뮤니티를 뒤져 글렌데일의 대장장이에 대한 정보를 모두 조사했다.

'대장장이의 이름은 솔리드. 장비의 품질은 왕실에 납품할 정도로 뛰어나. 그런데 왜 갑자기 일을 그만둔 거지?'

그에 대한 정보는 인터넷을 뒤져봐도 나오지 않았다.

'이건 직접 부딪혀 볼 수밖에 없겠어.'

카이는 대장간에 노크를 세 번 하고는 문을 살짝 열었다.

"실례 하겠습……."

"꺼지라고, 왜 말귀를 못 알아들어!"

문을 열고 대장간에 들어서기가 무섭게 맹렬한 속도로 무언가가 날아왔다.

기겁을 한 카이는 숨을 삼키며 고개를 숙였다.

까아앙!

카이의 머리통 대신 벽면을 후려친 쇠망치는 돌 부스러기와 함께 바닥에 떨어졌다.

"뭐, 뭐야……."

머리카락이 쭈뼛 선 카이가 몸을 부르르 떨고 있자, 안쪽에서 누군가가 비틀거리며 걸어나왔다.

✦ 9장 ✦
울지 않는 화덕

"응? 뭐야, 방금 그놈들이 아니군."

술병을 들고 코가 시뻘게져 있는 노인이 걸어나왔다. 몸집은 그리 크지 않았지만, 온몸에 가득 들어차 있는 근육이 그를 얕볼 수 없게 만들었다.

그 노인은 불을 닮아 있었다. 오랜 세월 동안 커피를 타온 바리스타에게 물의 향기가 물씬 나듯, 평생을 불과 함께 생활한 그에게서는 화끈한 불의 냄새가 난 것이다.

'그리고 성격도 불같네.'

바닥에 떨어진 망치를 주워든 카이는 머리를 긁적이며 말했다.

"혹시 이곳의 대장장이 솔리드 님이십니까?"

"맞다. 망치를 던진 건…… 흥! 내 실수다."

사과를 하는 것에 익숙하지 않은지, 노인은 오히려 소리를 치듯 사과를 마쳤다.

"뭐, 여기 온 걸 보면 뭔가 원하는 게 있는 것 같은데, 미안하지만 장사는 접었다."

노인은 반론의 여지조차 주지 않겠다는 듯 단호하게 말했다.

하지만 여기서 물러날 카이가 아니었다.

'뭔가 이유가 있어.'

게시판에 따르면 이 대장간은 불과 일주일 전만 해도 정상적으로 영업을 하고 있었다. 그렇다면 지난 일주일 사이에 저 노인에게 무슨 일이 생겼다는 뜻이다.

'그게 무엇인지 알아내야 해.'

NPC의 문제를 알아차리고, 그들에게 공감을 하며 퀘스트를 끌어내는 것은 미드 온라인의 노련한 플레이어라면 누구나 갖춰야 할 기술이었다.

카이는 괴팍한 노인을 눈앞에 두고도 미소를 지으며 망치를 건넸다.

"실력이 굉장히 출중하시다는 소문은 익히 들었습니다. 라시온 왕실에도 직접 납품을 하신다고."

"입에 발린 소리는 좋아하지 않는다."

상대와의 거리를 좁히는 데 가장 잘 먹히는 것은 역시 칭찬을 마구마구 퍼붓는 것!

실제로 솔리드는 퉁명스럽게 대꾸했지만 자부심이 담긴 표정을 지었다.

'하지만 이것만으로는 부족해.'

조금 더 솔리드의 호감을 끌어낼 수 있는 방법을 찾아야 했다. 카이는 그 방법을 찾기 위해 대장간 안을 열심히 둘러봤다.

"뭘 그리 둘러보는 거지? 어쨌든 영업은 하지 않으니까 썩 꺼져라."

갑자기 주변을 두리번거리는 카이를 이상하다는 듯 지켜보던 솔리드가 명백한 축객령을 내렸다. 조급해진 카이의 눈에, 한 줄기 구원의 빛이 들어왔다.

'저건!'

대장간의 구석 벽에 걸려 있는 조그마한 장식 하나.

그것은 바로 태양을 조각한 장식품이었다. 그 말은 솔리드가 태양교의 신자라는 뜻이었다. 대번에 얼굴이 밝아진 카이가 친근한 형제 스킬을 사용했다.

"음?"

당장에라도 카이를 쫓아낼 것 같던 솔리드의 표정이 살짝 누그러들었다. 이를 본 카이가 주먹을 불끈 쥐었다.

'됐어, 통한다!'

반면 솔리드는 자신의 갑작스런 감정 변화를 이해하지 못했는지, 혼란스러운 표정을 지었다.

친근감을 강제로 느끼게 한다는 것은 상당히 미묘한 부분이다.

카이는 그의 기분이 다시 나빠지기 전에 재빨리 말을 붙였다.

"솔리드 님. 그러지 마시고, 저에게 어떤 일이 있었는지 설명을 해주시면 안 되겠습니까? 왜 그런 말도 있잖아요. 기쁨은 나누면 배가 되고, 슬픔을 나누면 절반이 된다고."

말을 하는 카이는 연신 방긋방긋 미소를 지으며 말했다.

웃는 얼굴에 침 못 뱉는다는 속담도 있지 않은가.

솔리드는 잠시 고민을 했지만 이내 고개를 저었다.

"모험가 놈들은 믿지 않아. 게다가 처음 보는 너를 어떻게 믿고 내 고민을 말한단 말이냐?"

"말씀대로 전 비록 모험가이지만, 태양신 헬릭의 말씀을 따르는 충실한 종입니다. 저에게 고민을 털어놓으시는 것만으로도 기분이 한결 나아지시지 않을까요?"

카이가 태양교의 사제라는 말에 솔리드가 그의 전신을 훑어봤다.

"태양교의 사제라고?"

"예, 신성한 빛."

신성력을 머금은 밝은 빛이 떠오르며 먼지 덮인 작업대를 밝게 비췄다.

"흥, 네놈은 모험가 중에서도 제법 싹수가 있어 보이는군. 잠깐 정도라면 이야기를 해도 괜찮겠어."

솔리드의 말투는 여전히 퉁명스러웠지만, 그는 몸을 돌려 대장간 안쪽으로 이동했다.

"뭐해, 안 따라오고."

"네, 갑니다!"

카이가 눈을 반짝이며 그의 뒤를 쫓았다.

"알아서 대충 앉아라."

솔리드는 술을 얼마나 마셨는지 연신 비틀거리며 소파에 무너지듯 주저앉았다.

대충 주변의 의자 하나를 끌어다 앉은 카이는 공방을 둘러봤다.

'춥다.'

보통 공방에 들어서면 가장 먼저 뜨겁다는 느낌을 받게 된다. 24시간 멈추지 않고 돌아가는 화덕의 열기는 일반인이 감당하기에는 무척 뜨겁기 때문이다.

하지만 이곳의 화덕은 마치 죽어 있는 것처럼 고요했다.

불꽃을 세차게 뿜어댔을 화덕은 활동을 정지한 채 오랜만의

휴식을 만끽하고 있었다.

혼들혼들.

술병을 흔들어보던 솔리드는, 병이 비었다는 것을 깨닫고는 그것을 대충 바닥에 던지곤 눈을 감았다. 표정을 보니 금방이라도 잠이 들 것 같았다.

'이런!'

지금 잠들면 깨어날 때까지 꼼짝없이 기다려야 한다.

마음이 급해진 카이가 재빨리 햇살의 따스함 스킬을 사용했다.

[햇살의 따스함 스킬을 사용합니다.]

[대상의 생명력이 회복됩니다. 모든 상태 이상 효과를 제거합니다.]

[상태 이상 '숙취'가 해제됩니다.]

"으음? 갑자기 술이 확 깨는군."

머리를 두어 차례 흔든 솔리드가 그제야 입을 열었다.

"대충 일주일 정도 지났나 싶군. 공방에 한 꼬맹이가 찾아왔다. 본인을 대장장이라고 주장하는 웃기는 놈이었지. 망치를 휘두를 힘도 없어 보이고, 오래도록 불을 가까이 한 냄새조차 나지 않는 풋내기 모험가였어."

'모험가…… 그럼 나 같은 플레이어라는 말인데?'

카이는 고개를 갸웃거렸지만 우선 고개를 끄덕였다.

말을 하던 솔리드는 뭔가 기분 나쁜 기억을 떠올린 듯, 미간을 찌푸리더니 말을 이었다.

"그래, 그 건방진 녀석이 나에게 대결을 요구하더군."

"대결이요?"

카이가 고개를 갸웃거렸다.

검사들이 대결을 한다면 이해를 하겠지만, 대장장이들이 대결이라니?

솔리드가 대충 손을 휘두르며 부연 설명을 덧붙였다.

"말이 대결이지. 각자 똑같은 화덕과 재료들을 이용해서 무기를 하나씩 만들어보자는 일종의 놀이와 같은 거다. 나도 어렸을 때는 다른 대장장이들과 몇 번이나 해봤지. 물론 나이가 들어 서로의 명성이 쌓이면서부터는 해본 적이 없지만."

"그래서 그걸 받아들이셨군요?"

"내가 미치지 않고서야 그런 걸 받아들일 리는 없지."

솔리드는 한심하다는 눈빛으로 카이를 쳐다봤다.

"상대는 이름도 모르는 모험가 대장장이. 그런 반면에 나는…… 내 입으로 이런 말을 하기는 부끄럽지만 왕국 기사단의 장비를 납품하는 이름 있는 대장장이다. 시간도 아까울뿐더러 이겨도 건질 것이 없는 그런 대결을 받아들일 이유가 없지."

카이가 듣기에도 솔리드의 말은 타당했다.

하지만 대결이 성사되지 않았다면 왜 솔리드가 이런 무기력감에 빠져 있는 걸까?

그에 대한 궁금증은 곧장 해소되었다.

"거절의 의사를 표하자, 녀석은 아무 말 없이 자신이 차고 있던 검을 뽑더군."

"설마 그 검으로 협박한 겁니까?"

"만약 그런 식으로 협박을 했다면 내 목에 칼이 들어와도 대결을 수락하지 않았을 것이다. 하지만⋯⋯."

솔리드는 마치 눈앞에 무언가가 보이는 것처럼, 풀린 눈으로 허공을 뚫어져라 응시했다.

"정말 아름다운 검이더군. 평생 망치를 휘두른 나조차도 만들 수 없을 것 같은, 아름다우면서도 검 본연의 성질을 잃지 않은⋯⋯ 검을 예술의 경지까지 끌어올린 모양새였지."

솔리드는 황홀하다는 표정을 지었지만, 이내 그 표정은 조각조각 깨져 버렸다.

"녀석을 다그쳤지. 그 검이 어디서 났느냐고. 대체 어떤 대장장이가 만든 것이냐고."

"설마?"

"짐작하고 있나 보군. 맞네, 그 꼬맹이는 본인이 그 검을 만들었다고 했다."

맙소사! NPC 대장장이를 감탄하게 할 정도의 무기를 플레이어가 만들었다고?

'그게 가능한 일인가?'

카이가 재빨리 기억을 더듬어봤지만, 대장장이 랭킹 1위인 모루라는 플레이어의 실력조차 그 정도는 아니었다. 그가 만든 아이템은 커뮤니티에 스크린샷으로 종종 올라왔기에 확실히 단정할 수 있었다.

"웃기지 말라고, 이 검을 만든 이를 모욕하지 말라고 쏘아붙였지. 하지만 놈은 끝까지 자신이 만들었다고 우기더군."

"그래서 대결을 하셨군요."

"맞네. 내가 대결에서 이기면 그 검을 만든 이가 누구인지 알려달라는 조건으로 대결을 시작했지."

솔리드는 그 말을 끝으로 자리에서 일어나, 한쪽 벽으로 다가갔다.

대충 선반을 뒤지던 그는 두 자루의 검을 쥐고는 카이에게 다가왔다.

"보게."

"……."

본능적으로 그것이 대결의 결과물임을 알아차린 카이는 진지한 표정으로 두 검을 번갈아가며 살펴봤다.

하나는 세련된 손잡이와 검신에 물결무늬가 깃들어 있어 고급스러워 보였다. 반면 다른 하나의 검은 투박했다.

아무런 장식도, 무늬도 깃들어 있지 않은, 그냥 검.

'우선 감정부터 해보자.'

카이는 우선 더 고급스러워 보이는 검의 정보부터 읽었다.

[물결무늬가 들어간 롱소드]

등급 : 레어

공격력 103~124

힘 +10

민첩 +5

체력 +2

착용 제한 : 레벨 60, 힘 110

내구도 100/100

설명 : 검신에 물결무늬가 새겨져 있어 예술적인 가치가 높은 검입니다.

[특수효과]

날카로움(베기 공격력 10% 증가)

"와……!"

카이는 검의 능력을 확인한 순간 감탄사를 터뜨렸다.

'설마 이게 그 플레이어 대장장이의 검인가?'

솔리드의 말을 들어보면, 그는 꼬맹이와의 대결에서 패배하고 자괴감에 빠져 있는 것이 분명했다.

'이 정도의 검이라면 이해가 된다.'

무려 레어 등급의 검이다. 게다가 날카로움 효과까지 부여되어 있어, 검을 사용하는 사람이라면 욕심을 낼 수밖에 없는 엄청난 검이었다.

'안타깝지만…… 부정할 수는 없겠어. 이건 상대방의 압승이야.'

카이가 그렇게 결론을 내렸을 때, 솔리드가 입을 열었다.

"그것이 내가 만든 검이라네."

"……!"

카이는 화들짝 놀란 표정으로 솔리드를 쳐다봤다.

그는 쓸쓸한 표정을 지으며 턱짓으로 옆에 놓여 있던 투박한 검을 가리켰다.

"살펴보게."

카이는 서둘러 솔리드의 검을 조심스레 내려놓고, 옆에 놓여 있던 투박한 검을 들어 올렸다.

[강인한 의지의 롱소드]
등급 : 유니크
공격력 154~173

힘 +15

민첩 +10

착용 제한 : 레벨 80, 힘 500.

내구도 ∞

설명 : 무기로써의 성능을 극한까지 올려놓은 검입니다. 하지만 이 검을 사용하기 위해서는 엄청난 괴력이 필요할 것입니다.

[특수 효과]

강인한 의지(내구력이 손상되지 않음, 파괴되지 않음.)

"……!"

카이는 깜짝 놀라 하마터면 검을 떨어뜨릴 뻔했다.

'유, 유니크 등급!'

이처럼 대단한 무기는 처음 보았다. 경매장에서조차 볼 수 없는 대단한 장비가 자신의 손에 들려 있다는 사실에 손이 벌벌 떨렸다.

"대단하지 않은가?"

"이, 이건……."

대결 상대의 검에는 솔리드의 검과 같은 세련미가 없었다. 고급스러운 기품같은 것도 없었다.

'하지만…….'

어떤 검의 성능이 더 뛰어나냐고 묻는다면, 손에 들고 있는 이 검이라고 생각했다.

'검 본연의 능력을 극한까지 끌어올렸어.'

카이는 장비 제작에 대해서는 눈곱만큼도 모르지만, 이 검이 얼마나 대단한지는 확실히 알 수 있었다.

'솔리드의 기분, 이해가 돼.'

적이라고 생각조차 안 했던 이가 이런 검을 눈앞에서 뚝딱하고 만들어버린다면, 평생 망치를 휘두른 노인의 자존심은 산산조각이 나 버릴 것이 분명했다.

솔리드는 다시 소파에 털썩 주저앉았다.

"대결이 끝나고 그 건방진 꼬맹이가 허리를 숙이며 사과를 하더군, 무리한 요구에 응해줘서 고맙다고. 그 검은…… 사죄의 의미이니 받아줬으면 좋겠다고 말이야."

"이, 이 검을 그냥 줬다고요?"

카이는 입을 쩌억 벌렸다.

유니크 등급의 검이니 경매장에 판매한다면 최소 수천 골드는 받을 것이 분명했다. 플레이어이니 이 검의 가치를 모르지도 않을 터인데 그런 검을 아무런 미련 없이 상대방에게 선물한다니.

카이의 상식으로는 도저히 이해할 수 없는 행동이었다.

"처음에는 스스로 변명을 했네. 녀석이 차고 다니던 그 아름답던 검. 그것을 모방하다가 나도 모르게 검을 지나치게 세련

되게 꾸며서 졌다고 말이야."

"아…… 확실히 솔리드 님의 검은 엄청 화려하네요."

카이는 손잡이부터 시작해 검신까지 화려하기 짝이 없는 검을 보며 고개를 끄덕였다.

그 모습에 솔리드는 더욱 자조적인 미소를 짓더니 고개를 흔들었다.

"그런데 그게 아니더군."

"예?"

"자기 합리화를 하고자 지금까지 만들었던 검들을 모두 꺼내봤네. 그러고는 깨달았지. 저것이 내가 항상 만들어왔던 검이라는 것을."

솔리드는 깊은 회한이 담긴 목소리로 말했다.

"나에게 검을 주문하는 이들은 대부분 기사들, 그게 아니면 귀족가의 자제들일세. 모두가 화려한 것을 좋아하는 작자들이지."

"그 말씀은……?"

"그들의 요구에 맞춰 수십 년간 검을 만들었네. 그러다 보니 나도 모르는 사이, 화려한 검들을 만드는 법이 손에 베어버린 모양이야."

"……."

"그것을 깨달은 순간, 나는 여태까지 무엇을 했나 싶어 더 이상 망치를 잡을 수가 없었네."

큼지막한 두 손바닥으로 자신의 얼굴을 문지른 솔리드는 그렇게 말을 끝냈다.

카이는 아무 말도 할 수 없었다.

자신이 한 가지 일에 평생을 바쳤는데, 뒤늦게 그것이 잘못된 길임을 깨닫는다면 그 고통을 견딜 수 있을까?

'충격이 크겠지.'

그것은 솔리드 또한 마찬가지일 터.

장인으로서의 자존심과 지나온 자신의 인생에 대한 회한, 그 두 가지가 지금의 솔리드를 꾸준히 괴롭히고 있는 것이리라.

'하지만, 정말 그의 인생이 뿌리부터 잘못된 것이었을까?'

두 검을 비교해서 하나가 뛰어나다고 해서, 다른 검이 틀린 걸까?

카이는 그것은 아니라고 생각했다.

'게다가, 난 솔리드의 검이 더 좋아.'

그것은 단순히 그가 불쌍해서 던져주는 동정표가 아니었다. 카이는 단순히 비교하면 '강인한 의지의 롱소드'가 더 뛰어나다고 생각했지만, 두 가지 중 하나만 사용하라고 하면 솔리드의 검을 사용할 생각이었다.

카이는 그런 자신의 생각을 솔직하게 말했다.

"하지만 전 영감님의 검이 더 좋은데요."

"홍, 아까 말하지 않았나? 입에 발린 소리는 좋아하지 않는 편이라고."

카이는 솔직한 심정을 말했을 뿐이지만, 솔리드는 그가 자신을 동정한다고 생각했는지 화를 냈다.

이에 카이는 웃음기를 싹 뺀 진지한 표정으로 다시 말했다.

"아뇨, 진심입니다."

"정말인가?"

카이의 진지한 눈빛과 표정을 읽어낸 솔리드가 조심스럽게 물었다.

"이유를 말해봐라. 적당한 이유를 그럴싸하게 붙인 거라면 각오해야 할 거다."

깐깐하기는.

카이는 거침없이 입을 열었다.

"솔직히 말씀드릴게요. 두 개의 검 중 어떤 것이 더 강하냐고 물어보신다면, 죄송하지만 대결 상대의 검이 더 강할 겁니다."

"……."

솔리드는 입술을 삐죽 내밀었으나, 부정은 하지 않았다. 그 사실은 아마 본인이 가장 잘 알고 있을 것이다.

"그런데도 내 검이 더 좋다니, 혹시 화려한 검을 좋아하나?"

"아뇨. 영감님의 검은…… 좀 더 사용자의 편의를 생각했다고 할까요."

"사용자의 편의?"

카이는 고개를 끄덕였다.

"아무리 훌륭하고 강력한 검이라고 해도, 사용할 수가 없다면 무용지물 아니겠습니까."

상대방의 검은 분명 강력하고 뛰어난 능력도 붙어 있었지만, 착용 제한 레벨에 비해 필요한 힘 스탯이 너무 높았다.

'체력과 민첩에 스탯을 분배하는 걸 포기하고, 모조리 힘에 투자해도 80레벨에 500스탯을 찍을 수는 없어.'

한마디로 저 검은, 빛 좋은 개살구라는 뜻이다. 겉은 그럴듯하나 실속이 없었다. 착용 제한 레벨은 80밖에 되지 않지만, 저 검을 사용하려면 못해도 100레벨은 넘겨야 할 테니까.

"이 검은 언뜻 보기에는 검 본연의 성질을 극한까지 끌어올린 검의 정석처럼 보이지만, 검을 사용할 사람에 대한 배려는 전혀 보이지 않아요."

카이는 검을 내려놓고, 솔리드의 검을 집었다.

"반면 영감님은 말씀하신 것처럼 수십 년 동안 타인을 위해 검을 만들었지요. 사실 사람들이 원하는 것은 대개 비슷비슷합니다."

티잉!

카이의 손가락이 검신을 튕겼다.

"자신이 사용할 수 있으면서 강하고, 아름답기까지 한 검. 이 검은 그 밸런스가 잘 잡혀 있죠. 보물을 수집하는 부자라면 저쪽 검을 더 선호하겠지만, 전쟁터에 나가는 병사라면 어떤 검을 더 원할 거라 생각하십니까?"

"……!"

이에 솔리드는 무언가를 크게 깨달은 표정을 짓더니 눈을 감았다. 골몰히 무언가를 생각하던 솔리드는, 한참 후에야 닫혀 있던 눈을 뜨고 입을 열었다.

"우선 사과를 해야겠군."

"예?"

"자네의 진심을, 어줍지도 않은 동정이라고 생각한 점. 진심으로 사과하네."

"아니, 뭐 그렇게까지야……."

더 이상 술주정뱅이의 카랑카랑하고 노한 목소리는 없었다. 한 분야의 달인에 걸맞은 묵직하고도 단단한 목소리가 흘러나왔다.

"동시에 감사를 표하네."

솔리드의 눈이 정오의 바다처럼 강렬하게 빛나고 있었다.

"자네의 말이 맞아. 실의에 빠진 나는 대장장이의 일이 무엇인지조차 망각하고 있었네."

솔리드는 자신이 만든 검을 들어 올렸다.

"내가 해야 할 일은 단순히 최고의 장비를 만들어 자기만족을 하는 것이 아니야."

그의 투박한 손이 자신이 만들어낸 작품을 부드럽게 쓸어내렸다. 수십 년 동안 망치를 잡았던 손이기에 군살이 박히지 않은 곳은 없었다.

"내 장비를 사용할 사람이 아무런 불만 없이, 오래도록 잘 사용할 수 있는 무구를 만드는 것. 그것이 대장장이로서 내가 걸어가야 할 길이네."

큰 깨달음을 얻은 것처럼 형형하게 빛나는 솔리드의 눈빛!

그의 눈을 마주한 카이의 눈앞으로 메시지창이 떠올랐다.

띠링!

[당신의 충고로 인해 솔리드의 대장장이 스킬이 한 단계 더 발전합니다.]

[대장장이 솔리드가 상급 대장장이가 되었습니다.]

[자괴감에 빠져 있는 NPC에게 활력을 불어넣었습니다. 선행 스탯이 3 상승합니다.]

[솔리드의 호감도가 대폭 상승합니다. 그는 당신을 은인으로 생각합니다.]

"무, 무슨⋯⋯."

언뜻 상황 파악이 되지 않을 정도의 메시지들!

마음을 진정시키고 차근차근 읽어본 카이가 자리에서 벌떡 일어났다.

'선행은 단순한 친절만을 의미하는 게 아니구나!'

선행이라는 개념은 생각했던 것보다 훨씬 더 포괄적이었다.

'그렇다는 이야기는⋯⋯.'

단순히 NPC를 물리적으로 도와주는 것뿐만이 아니라, 지금처럼 마음의 병을 치료해 주거나 상담을 해주는 것으로도 선행 스탯을 올릴 가능성이 있다는 뜻이었다.

덥석!

솔리드가 솥뚜껑처럼 커다란 두 손으로 돌연 카이의 연약한 손을 붙잡았다.

"고맙네, 자네 덕분에 큰 벽을 하나 넘은 기분이야. 정말 고마워!"

"아하하⋯⋯."

카이가 뒷머리를 긁적이며 어색한 표정을 짓자, 솔리드의 진지했던 얼굴에 진한 미소가 깃들었다. 그는 호탕하게 웃으며 카이의 어깨를 두드렸다.

"으하하하하, 우울한 기분이 사라지니 손이 근질거리는군. 그러고 보니 자네, 일을 맡기려고 온 것 아니었나? 나에게 맡기게!"

솔리드는 당장에라도 망치를 휘두르고 싶다는 듯, 자신의 어깨와 목을 돌리며 소리쳤다. 자괴감과 술독에 빠져 날카롭고 예민해져 있던 성격이, 원래대로 긍정적이고 호탕하게 변했다.

카이가 조심스럽게 인벤토리의 재료들을 차곡차곡 꺼냈다.

"사실 장비 제작을 의뢰하려고 왔거든요. 재료는 이것들이고요."

"오오오, 웜 리자드의 비늘과 이빨이로군. 자네, 생각보다 강력한 모험가였나? 생긴 건 영 비실해 보이는데 말이지. 으하하하!"

껄껄 웃은 솔리드는 맡겨만 달라는 표정을 지었다.

"혹시 원하는 무구가 따로 있나?"

"음…… 사실 제가 새로운 무기술을 하나 배우고 싶은데, 추천해 주실 수 있나요?"

"무기술이라? 흠. 잠깐 좀 보지."

솔리드는 카이의 팔이나 다리, 몸의 비율을 쳐다보더니 고개를 끄덕였다.

"개인적으로는 검을 추천하네."

"검이요? 특별한 이유라도 있으신가요?"

"자네는 팔과 다리가 늘씬하고 길이 또한 길어. 검사에게 가장 중요한 사정거리가 늘어난다는 뜻이지."

"그럼 창을 들면 더 좋은 거 아네요?"

"물론 창을 원한다면 만들어 줄 수는 있네. 하지만 가장 중요한 건……."

"가장 중요한 건……?"

카이가 몹시 궁금하다는 표정으로 목을 앞으로 쭉 빼며 물었다.

그 모습이 웃겼는지, 솔리드가 다시 한번 껄껄 웃었다.

"내가 창보다는 검을 더 잘 만들거든. 으하하하!"

"그, 그렇군요."

설득력 무엇.

단번에 이해한 카이가 고개를 끄덕였다.

'그럼 검을 의뢰해야 가장 좋은 품질의 무기를 얻을 수 있겠네.'

어차피 창술을 배우든 검술을 배우든, 솔플을 할 때 약간의 도움이 될 정도면 된다. 지금 당장 어떤 스킬을 배우던 큰 위력은 발휘하지 못할 터였다. 그렇다면 더 성능이 좋은 무기를 써야 하는 것이 당연했다.

"그럼 검으로 만들어주세요. 비늘은 대충 갑옷으로 만들어주시고요."

"탁월한 선택이네. 내가 필생의 역작을 한번 만들어보도록 하지. 일주일만 시간을 주게."

"예, 그럼 가보겠습니다."

재료를 받아든 솔리드는 빠르게 작업 준비를 마쳤다.

곧이어 죽어 있던 화덕이 시끄러운 소리와 함께 불꽃을 뿜어댔다. 동시에 고요하던 일대에는 규칙적인 소리가 들려오기 시작했다.

땅! 땅! 땅!

대장간을 나와 생기가 가득해진 건물을 바라보는 카이의 얼굴에는 뿌듯함이 가득했다.

To Be Continued

Wish Books

la vie d'or
고광(高光) 현대 판타지 장편소설
WISHBOOKS MODERN FANTASY STORY

천재 과학자 고요한,
인생의 역작 타임머신을 개발해 냈다!

이미 늙을 대로 늙어버린 이 몸은 버리고
과거의 자신에게 모든 데이터를 보낸다.

"나의 전성기는 더욱 찬란해질 것이다!"

그런데 레버를 당기는 순간……!
-데이터 전송지: 1987년 8월 5일 김대남(金大男) 18세.

"안, 안 돼……! 내가 아니잖아!"

la vie d'or : 황금빛 인생

흙수저 판타지 장편소설

회귀자 사용설명서

어느 날, 이세계로 소환되었다.

짐승들이 쏟아지고, 믿을 수 없는 위기가 닥쳐오나.
가지고있는 재능은 밑바닥.

[플레이어의 재능수치는 최하입니다.]
[거의 모든 수치가 절망적입니다.]

선택받은 용사든, 재능 있는 마법사든,
시간을 역행한 회귀자든.
모든 것을 이용해야 한다.

살아남기 위해.

"쓰레기면 뭐 어떻습니까. 살아남기 위해서
뭔 짓인들 못 하겠어요?"

Wish Books

마운드 위의

디다트 현대 판타지 장편소설
WISHBOOKS MODERN FANTASY STORY

위의

야구선수를 꿈꾸는 이들에게는
크게 세 가지 고비가 온다고 한다.

재능, 부상, 그리고 돈.

고등학교 2학년 때까지 야구선수를 꿈꾸었던,
그리고 그것이 자신의 인생의 전부였던 이진용.

세 가지 고비의 벽 앞에서 야구선수를 포기하고
현실에 순응하고 살아가던 진용의 앞에.

[베이스볼 매니저를 시작합니다.]
- 너 내가 보이냐?

다른 사람의 눈에는 보이지 않는
특별한 것이 보이기 시작했다.